AF561556

FRAGMENTS

DU MAHABHARATA.

Versailles. — Imprimerie de BEAU jeune, rue de l'Orangerie, 36.

FRAGMENTS

DU

MAHABHARATA

TRADUITS DU SANSCRIT EN FRANÇAIS,

PAR A. SADOUS,

Docteur ès-lettres, Professeur au Lycée de Versailles.

Vengeance de Drona.
Svayambara de Draupadi.
Enlèvement de Draupadi.
Délivrance de Djayadratha.

PARIS,

BENJAMIN DUPRAT, LIBre, | HACHETTE ET Cie, LIBres,
RUE DU CLOÎTRE-S.-BENOÎT, 7. | RUE PIERRE-SARRAZIN, 14.

1858.

AVERTISSEMENT.

M. Francis Johnson, professeur de sanscrit, au collége des Indes-Orientales, à Hertford, publia en 1842 des extraits du *Mahabharata*, sous ce titre « *Selections from the Mahabharata* [1], » suivis d'un excellent Vocabulaire, et enrichis d'une Préface et de notes dues à l'illustre Wilson, si profondément versé dans la littérature légendaire de l'Inde. C'est ce recueil que nous nous sommes proposé de traduire, en adoptant les divisions quelque peu arbitraires du savant éditeur. Nous ne nous sommes éloigné de lui, que pour les trois premiers extraits que nous avons réunis sous le

[1] Selections from the *Mahabharata*, edited by Francis Johnson. (1842, London. W, h. Allen and C° Hertford. Stepⁿ Austin-Jun.)

titre de *Vengeance de Drona*, comme indiquant plus exactement l'unité de ces trois parties.

Ces fragments sont traduits pour la première fois en français, à l'exception du second, l'*Enlèvement de Draupadi*, qui se trouve dans les fragments du *Mahabharata* [1], publiés par M. Théodore Pavie, professeur de sanscrit au Collége de France : nous n'avons osé en tenter une nouvelle traduction qu'avec l'assentiment du savant professeur, auquel nous nous faisons un agréable devoir d'adresser ici un double remerciement, tant pour cet acte de courtoisie, que pour les bienveillants conseils qu'il nous a si obligeamment donnés.

A la traduction du texte sanscrit, nous avons joint celle d'une partie de la Préface et des notes aussi intéressantes qu'instructives de Wilson, convaincu que cette addition fera le

(1) Fragments du Mahabharata traduits en français sur le texte sanscrit de Calcutta, par Th. Pavie (Paris, Duprat, 1844).

mérite principal, sinon l'unique, de ce modeste travail.

Une traduction est un calque : aussi avons-nous essayé de rendre, avec une exactitude relative, le caractère du texte indien sans craindre de reproduire ce luxe d'images, de similitudes et d'épithètes bien éloigné du goût des nations occidentales, mais que l'on ne peut faire disparaître sans altérer complétement la physionomie si originale et si vive de cette antique poésie. Chez les Grecs, ce peuple privilégié, heureux inventeur du beau, Homère, Eschyle et Pindare, par l'élévation des figures, par l'éclat et la grandeur des images et des comparaisons, peuvent particulièrement donner l'idée de la couleur de la poésie indienne. Il faut ajouter aussi que ces poètes inimitables ont découvert le secret de la perfection, la mesure dans la hardiesse des conceptions et du style, rare qualité, qu'il ne faut point demander à l'auteur du *Mahabharata*. Toutefois il est un point où ils n'ont pas surpassé les poëtes de l'Inde, c'est la pompe et l'harmonie du langage : le vers héroïque des Grecs, à l'allure tour à tour si majestueuse et si simple, et dont l'invention a semblé si merveilleuse qu'on l'a attribuée aux dieux, ne surpasse pas par ses effets le *sloca* indien. Par malheur, c'est un genre de beauté qui disparaît entièrement dans une traduction, quelque effort que l'on tente pour conserver à la pensée le mouvement et la vie.

Les travaux des orientalistes ont fait connaître en partie à l'Europe savante l'immense poëme sacré des Hindous. En Angleterre, sir Charles Wilkins, Wilson, Francis Johnson ; en Allemagne, Bopp, Lassen et d'autres érudits ; en France, M. Langlois, M. Th. Pavie, M. Foucaux [1], M. Em. Burnouf [2], digne héri-

[1] *Stri-Parva,* chant du Mahabharata, traduit du sanscrit en français, par E. Foucaux. Paris, 1842.

Mahâprasthantika-Parva, extrait du Mahabharata. 1856.

Kairata Parva, fragment du Mahabharata, traduit par Ph.-Ed. Foucaux. 1857.

[2] *Nala,* épisode du Mahabharata, traduit par Em. Burnouf. Nancy, 1856.

tier d'un nom si célèbre dans les études sanscrites (pour ne citer que quelques noms), ont exploré et explorent encore cette veine inépuisable, qui a fourni des trésors si précieux pour la comparaison des langues et des littératures. Espérons que ce concours d'efforts patients et consciencieux produira un jour la connaissance complète d'une œuvre si intéressante au point de vue philosophique, littéraire et philologique.

Nous ne terminerons pas ces lignes sans faire un remerciement à M. S. de Sacy, qui s'intéressant, et par amour des lettres, et particulièrement par tradition de famille, aux études orientales, a bien voulu nous confier le texte dont nous donnons ici la version, et nous accorder, ce qui a encore plus de prix à nos yeux, les encouragements de sa bienveillante amitié.

PRÉFACE.

. . . .

. . . .

Le *Mahabharata* est un poëme héroïque en seize *parvas*, chants ou livres, qui, dit-on, contiennent 100,000 *slocas* ou stances. L'édition imprimée renferme 107,389 slocas; mais elle comprend le supplément appelé *Hari-vansa*, dont les stances sont au nombre de 16,374, et qui ne fait certainement point parti du poëme original. C'est une raison de croire que l'étendue du poëme authentique, sous sa forme première, était encore plus limitée qu'elle ne le serait même après cette déduction : car il est dit, dans le premier livre, que le poëme, en retranchant ses épisodes, était de 24,000 slocas. Plusieurs de ces épisodes sont des additions équivoques; d'autres naissent naturellement du sujet, et quelques-uns sont, sans aucun doute, d'une antiquité considérable.

L'auteur prétendu du poëme est Krichna Dwaipâyana, le *vyasa*, ou diascévaste des *Védas*, et le père des deux princes Pandou et Dhritarachtra, dont les fils forment les principaux caractères de la fable. Il apprit son œuvre à son disciple Vaiçampâyana, qui le récita à un grand sacrifice célébré par Djanamedjaya, l'arrière petit-fils d'Ardjouna, un des héros du poëme. Tel que nous l'avons, il fut, dit-on, répété par Sauti, fils de Lomaharchana à des richis, ou sages assemblés à l'occasion d'une solennité religieuse dans la forêt Naimisha.

Le sujet du *Mahabharata* est une guerre pour la suprématie royale dans l'Inde, entre les fils des deux frères Pandou et Dhritarachtra. Les fils du premier sont au nombre de cinq : Youdhichthira, Bhima et Ardjouna, enfants de l'une de ses femmes, Pritha ou Kountî, et Nakoula et Sahadeva, nés d'une autre femme, Madrî. Pour Dhritarachtra, il avait une famille aussi nombreuse que le roi Priam; elle était composée de cent fils et d'une seule fille Douhçalâ. Douryodhana, l'aîné des fils, était, de tous ses frères, celui qui haïssait le plus ses cousins.

Quoique l'aîné des deux princes, Pandou, le pâle (comme l'indique son nom) était rendu par sa pâleur (qui peut faire soupçonner la maladie de la lèpre) inhabile à succéder. Il fut, en conséquence, obligé d'abandonner ses droits à son frère ; il se retira sur le mont Himalaya, où naquirent ses fils et où il mourut. A sa mort, ses fils, encore enfants, furent conduits à Hastinâpoura par les ascètes qui avaient accompagné Pandou dans son exil, et présentés à Dhritarachtra comme ses neveux. On exprima d'abord quelques doutes sur la certitude de leur origine; et, en réalité, ils n'étaient enfants de Pandou que de nom, étant fils de divers dieux. Ainsi Youdhichthira était fils de Dharma, le dieu de la Justice, le Pluton des Hindous ; Bhima, de Vâyou, le dieu du Vent, l'Eole Indien; Ardjouna, d'Indra, le dieu du firmament.

Jupiter Tonnant : Nakoula et Sahadeva avaient pour pères deux personnages particuliers à la mythologie indienne, leurs Dioscures, fils jumeaux du soleil, les Açwinis–Koumâras. Cependant, Pandou ayant reconnu ces princes comme ses fils, son exemple fit tomber l'objection faite à leur naissance ; et les enfants restèrent sous la protection de leur oncle, et furent élevés avec ses fils.

Les principaux personnages du Mahabharata ont un caractère distinct et constant. Les fils de Pandou, à l'exception de Bhima, sont représentés comme modérés, généreux et justes, et Bhima, sans être dénué de générosité, montre un naturel tant soit peu violent, et une orgueilleuse confiance dans sa force herculéenne. Les fils de Dhritarachtra sont représentés comme arrogants, envieux et méchants ; et ce contraste de caractère augmente, même dans leur enfance, les sentiments d'animosité que leur a inspirés la conscience de l'incompatibilité de leurs droits à l'héritage.

La généalogie des deux familles, les circonstances de la naissance et de l'éducation des princes, leur rivalité et leur inimitié pendant leur jeunesse, les aventures des Pandavas quand ils atteignent l'adolescence, sont racontés dans le premier livre ou *Adi parva*. C'est de ce livre qu'est extrait le premier des fragments suivants le *Tournoi d'Hastinâpoura*, avec les récits épisodiques de la querelle entre Drona et le roi Droupada, comme présentant l'esprit de rivalité qui animait les jeunes princes, et quelques-uns des anciens usages de l'Inde. Après les arrangements qui y sont racontés, les dispositions des fils de Dhritarachtra envers les Pandavas deviennent encore plus malveillantes; et ils font secrètement mettre le feu à la maison qu'habitent Prithâ et ses fils. Les Pandavas, prévenus de l'intention de leurs ennemis, l'éludent, et s'échappent par un passage souterrain, laissant croire qu'ils ont péri dans l'incendie de leur habitation. Ils se retirent dans les forêts, et adoptent le costume et le genre de vie des Brahmanes. C'est pendant ce temps qu'ils entendent parler du Svayambara (c'est-à-dire le choix d'un époux fait par une princesse parmi un grand nombre de prétendants), de Draupadi, fille de Droupada, roi du Douab supérieur : ils se rendent à sa cour, et obtiennent la princesse. Les circonstances de cet exploit et ses conséquences immédiates forment le sujet du second des extraits suivants.

L'existence des fils de Pandou ayant été généralement connue par ce qui avait eu lieu au Svayambara de Draupadi, les ministres du roi Dhritarachtra le déterminèrent à partager également son royaume entre eux et ses fils. Le partage eut lieu. Youdhichthira et ses frères gouvernèrent un district sur les bords de la Djomnah ; leur capitale était Indraprastha. Douryodhana et ses frères furent rois d'Hastinâpoura, sur le Gange. Les ruines de cette dernière ville peuvent, dit-on, se voir encore sur les rives du fleuve, et une partie de la ville de Delhi se nomme de nos jours Indrapasth. La contiguïté de ces deux cités, et conséquemment des principautés dont elles étaient les capitales respectives, amènent à conclure qu'à l'époque du *Mahabharata* et dans les temps postérieurs, l'Inde était divisée entre un grand nombre de petits princes indépendants. Cette induction est rendue une certitude par la précieuse énumération contenue dans le poëme de la foule des rois qui prirent part dans la lutte en faveur de l'une ou de l'autre des maisons rivales. Toutefois, cet état de choses n'est pas inconciliable avec la suprématie nominale d'un roi suzerain ; et après le partage du royaume d'Hastinapoura, une nouvelle source de jalousie et de haine naquit dans le cœur des fils de Dhritarachtra, lorsque Youdhichthira prétendit célébrer le Râdjasouya, sacrifice dans lequel les princes officient en qualité de desservants, et font des présents en reconnaissance de leur soumission : c'est le sujet du *Sabhâ-Parva*, ou second livre du poëme.

Pour faire reconnaître ses droits à l'hommage universel, Youdhichthira commence par réduire, de concert avec ses frères, les diverses puissances de l'Inde. Ces conquêtes ne sont que des incursions dévastatrices, et montrent la manière de faire la guerre pratiquée dans l'Inde, même de nos jours. Les Mahrattes, et les Mogols avant eux, recherchaient communément une soumission nominale et le paiement d'un tribut, variant en quotité, selon le degré de puissance du souverain qui l'exigeait, plutôt qu'ils ne songeaient à ajouter de nouveaux territoires à leur royaume. Shah Alem était le souverain en titre de l'Inde, et les monnaies étaient partout frappées à son nom, même quand il était captif entre les mains de Sindyah et pensionnaire du gouvernement britannique. Il ne résulte pas cependant de l'existence d'un grand nombre de petits princes dans le même temps, qu'il n'y ait jamais eu un monarque suprême, du moins nominalement, et il n'existe dans l'histoire de l'Inde aucune incompatibilité entre un roi ostensiblement suzerain et de nombreux princes virtuellement indépendants. La Notice des contrées conquises par les Pandavas, et des objets apportés comme tribut par les peuples soumis, éclaire d'une manière précieuse et intéressante l'ancien état civil et politique, ainsi que les divisions de l'Inde.

Au milieu des divertissements qui ont lieu à l'occasion du sacrifice, et dont la vue augmente l'animosité des fils de Dhritarachtra, ces princes proposent un amusement, source de tous les malheurs qui suivent. La passion invétérée pour le jeu qui animait les anciens Hindous, comme nous l'apprenons par divers passages du *Mahabharata*, ainsi que par d'autres témoignages, est un trait remarquable de l'antique caractère national. Il est loin d'être entièrement effacé, et il est aussi marqué que jamais chez quelques autres peuples de l'Orient, les Malais, par exemple, qui, après avoir perdu tout ce qu'ils possèdent, jouent leurs familles et leurs personnes. Ainsi, au jeu de hasard, raconté dans le *Mahabharata*, et qui paraît être une sorte de tric-trac dont les pièces se meuvent d'après le jet des dés, Youdhichthira perd contre Douryodhana son palais, son trésor, son royaume, son épouse, ses frères et lui-même. Leur liberté et leurs possessions leur sont rendues sur la prière du vieux roi

Dhritarachtra : mais Youdhichthira est encore tenté : il joue à la condition que s'il perd, lui et ses frères resteront douze ans dans les forêts, et passeront la treizième année sans se faire connaître. S'ils sont reconnus avant la fin de l'année, ils devront renouveler toute la durée de leur exil. Il perd, et, accompagné de Draupadi et de ses frères, il se retire comme banni, et mène l'existence d'un habitant des bois. Une description de la vie des Pandavas dans la forêt forme le sujet du troisième livre, le *Vanaparva*. Ce livre renferme plusieurs épisodes : l'un de ces épisodes est l'histoire de Nala, qui est récitée pour apprendre à Youdhichthira et à ses frères la résignation et l'espérance. Un autre est l'attentat de Djayadratha qui essaie d'enlever Draupadi ; c'est le troisième de ces extraits. Dans celui qui suit, les circonstances de la délivrance de Djayadratha sont détaillées, avec son invocation à Mahâdêva, et ce passage renferme un abrégé des destructions et des rénovations successives du monde, et une notice des principales descentes ou avatâras de Vichnou.

A l'expiration de la douzième année, les Pandavas entrent au service du roi Virata sous différents déguisements. Leurs aventures sont racontées dans le *Virata-Parva*, ou quatrième livre. Ils méritent l'estime du roi, et quand ils se font connaître à lui à la fin de la treizième année, ils obtiennent son alliance pour venger leurs injures et défendre leurs droits à la souveraineté.

Le cinquième livre, le *Oudyoga-Parva*, renferme les préparatifs des deux partis pour la guerre, et énumère les princes qui composent leur alliance. De ce nombre est Krichna, le souverain de Dwârakâ, incarnation de Vichnou. Il se rattache par sa naissance aux deux familles, et montre de la répugnance à s'unir à l'une ou à l'autre; mais, sachant d'avance ce qui doit arriver, il propose à Douryodhana le choix entre son concours individuel ou la coopération d'une immense armée. Douryodhana préfère imprudemment la dernière offre, et Krichna, plus fort lui-même qu'une armée, devient l'allié des Pandavas, le conducteur du son favori Ardjouna, et le principal instrument du triomphe de ses alliés.

Les quatre livres suivants sont consacrés à la description détaillée des batailles que se livrent les adversaires. Quelques-unes sont véritablement homériques ; mais, en général, l'intérêt du récit est affaibli par les redites, et les combats sont dénaturés par l'introduction d'armes surnaturelles, qui laissent peu de mérite au héros, dont le succès est dû à leur usage. Les armées de Douryodhana sont commandées successivement par Bhîchma, son grand-oncle; Drona son précepteur ; Karna, le roi d'Anga, son ami, et Çalya le roi de Madra, son allié ; et la description de leurs opérations est contenue dans autant de parvas nommés, d'après eux, *Drona parva* etc. Les chefs et beaucoup d'autres sont tués à la fin de leur commandement. Et dans le neuvième chant ou *Salya parva*, Douryodhana lui-même est mis à mort par Bhima dans un combat singulier à la massue, arme dans laquelle ils sont représentés tous deux comme d'une habileté supérieure.

Un petit nombre de chefs qui survivent du côté de Douryodhana essaient de venger la perte de leurs amis par une attaque de nuit contre le camp des Pandavas, racontée dans le dixième livre ou *Sauptika parva*. L'attaque est repoussée, surtout avec le secours opportun de Krichna.

Un chant court, le *Strî parva*, décrit la douleur et les lamentations des femmes des deux partis au sujet des morts, ainsi que le deuil et la colère du vieux roi Dhritarachtra. Youdhichthira lui-même donne cours à ses amers regrets pour ce qui s'est passé : et le livre suivant, le *Santi parva*, Chapitre de consolation, expose avec des détails plus que suffisants, les devoirs des rois, les effets de la libéralité, et les moyens d'obtenir l'émancipation finale de l'existence. Les sections de ce Parva ont pour titre *Râdja-dharma*, *Dâna-dharma* et *Mokcha-dharma parvas*, ou plus exactement, *Oupaparvas*, moindres chants. Le treizième livre, le *Anousâsana parva* est une longue et prolixe suite de discours sur les devoirs de la société, adressés à Youchichthira, par Bhima, sur le point de mourir. Dans ce livre, comme dans les sections du *Santi parva*, les parties didactiuqes sont animées par des contes et des récits: chacun de ces livres contient de saines doctrines et des récits intéressants, quoiqu'un peu déplacés dans un poëme héroïque.

Les autres livres du Mahabharata, bien que plus ou moins épisodiques, se rattachent mieux au sujet. Ils sont courts, et marchent au dénouement. Le quatorzième, ou *Aswamedhika parva*, décrit la célébration du rite *Aswamedha*, sacrifice d'un cheval, par Youdhichthira, comme marque de sa suprématie. Dans le quinzième livre, le *Asrama parva*, le roi Dhritarachtra, avec son épouse Gandhârî et ses ministres, se retire dans un ermitage, et obtient le bonheur en mourant. Le seizième, ou *Mausala parva*, raconte la destruction de toute la race Yadava, la mort de Krichna, membre de cette tribu, et la submersion de la capitale Dwârakâ par l'Océan. Le dix-septième livre, intitulé le *Mahâprasthânika*, ou le grand voyage, contient l'abdication de Youdhichthira d'un trône si péniblement conquis, et son départ, celui de ses frères, et de Draupadi, pour l'Himalaya, en se dirigeant vers la montagne sacrée Mérou. A mesure qu'ils avancent, l'influence de leurs fautes passées leur devient fatale, et chacun d'eux successivement reste mort sur les côtés de la route : enfin il ne reste plus que Youdhichthira et un chien qui les avait suivis depuis Hastinâpoura. Indra survient pour conduire le prince à Swarga, ou ciel d'Indra; mais Youdhichthira refuse d'y entrer, si son fidèle compagnon n'est pas admis avec lui au séjour céleste, et Indra est obligé de le satisfaire.

Le dix-huitième livre, le *Swargârohana* introduit Youdhichthira au ciel sous sa forme corporelle. A son grand déplaisir, il y trouve Douryodhana et les autres fils de Dhritarachtra : mais il ne voit ni ses amis, ni ses frères, ni Draupadi. Il demande à savoir où ils sont, et refuse de rester dans Swarga sans eux. Un messager des dieux est envoyé pour lui montrer où sont ses amis, et le conduit aux gorges de l'enfer, où il rencontre toutes sortes d'objets horribles et repoussants. Son premier mouvement est de se retirer ; mais il est retenu par les lamentations de voix bien connues, qui le conjurent de rester, comme si sa présence avait déjà allégé leurs tortures. Il triomphe de sa répugnance, et se décide à partager le destin de ses amis aux enfers, plutôt que d'habiter au ciel avec ses ennemis. C'est là l'épreuve suprême. Les dieux arrivent, et applaudissent à sa vertu désintéressée. Tous les monstres qui avaient d'abord assiégé ses pas, s'évanouissent; ses amis et ses parents montent avec lui à Swarja, où ils redeviennent les personnages célestes qu'ils étaient originairement et qu'ils avaient cessé d'être pendant un temps, pour descendre avec Krichna sous des formes humaines parmi les mortels, et l'aider à délivrer le monde de la tyrannie de ces êtres méchants, qui, personnifiés dans Douryodhana, ses frères et leurs alliés, opprimaient la vertu et propageaient l'impiété.

Le Hari-Vansa est une sorte de supplément

au Mahabharata. Il annonce un récit de la généalogie de Hari ou Vichnou, représenté par Krichna ; mais il y ajoute le récit des exploits de Krichna, et une suite de légendes et de contes, dont le but est de recommander ce demi-dieu à l'adoration des hommes. Les preuves intrinsèques indiquent une époque très-postérieure à celle de la plus grande partie du Mahabharata.

Le texte du Mahabharata a été imprimé à Calcutta, en quatre volumes in-quarto. L'édition a été commencée par le Comité d'Instruction publique, et complétée par la Société asiatique du Bengale . . . .

. . . .

. . . .

. . . .

VENGEANCE DE DRONA.

I.

Arrivée de Drona à Hastinapoura.

Vaiçampâyana dit :

Près de la Porte du Gange [1] vivait un grand et illustre richi, nommé Bharadwâdja [2], remarquable par son extrême piété.

Le fils de ce sage fut Drona [3], versé dans la science des *vedas* et des *vedangas* [4].

[1] La Ganga-Dwara est l'ouverture des monts Hymalaya par où le Gange descend dans la plaine de l'Hindoustan. Elle est plus connue maintenant sous le nom de Hardwar ; proprement Hari-dwara ou Haradwara, porte de Vichnou ou de Siva.

[2] Bharadwâdja, célèbre sage, fils de Vrihaspati. Dans le Ramayana, son ermitage est placé à Prayaga ou Allahabad, et les habitants du pays en montrent encore la place.

[3] Selon la tradition, Drona était né dans un seau, d'où lui venait son nom de Drona qui a ce sens, et le surnom d'Ayonidja, c'est-à-dire qui n'est point né d'une femme.

[4] *Védas*, livres sacrés des Hindous. *Védangas*, sorte de com-

L'auguste Bharadwâdja, le plus habile des hommes dans l'usage des armes de feu [1], alla trouver le fortuné Agnivesa [2], qui lui donna l'arme redoutable qu'il demandait.

Bharadwâdja eut pour ami Prishata, dont le fils était Droupada [3].

Ce prince, le meilleur des kchattriyas, retiré avec Drona dans une profonde retraite, se livrait aux récréations de son âge, sans négliger la lecture des livres sacrés.

A la mort de Prishata, Droupada fut roi des Panchaliens [4] septentrionaux.

Dans le même temps, l'illustre Bharadwâdja mourut et obtint le séjour du ciel.

Le pieux Drona, dans sa retraite, pratiquait les plus grandes austérités : il apprit que le magna-

mentaires des Védas, où il est traité de la prononciation, des rites religieux, de la grammaire, de la prosodie, de l'astronomie et des termes obscurs dans les Védas.

[1] Agneyastra, espèces d'armes de feu ou fusées dont les Hindous se sont probablement servis dans des temps très-reculés. De là, l'idée de certaines armes magiques composées des éléments, à l'usage seulement des dieux et des demi-dieux.

[2] Agnivesa, fils d'Agni, le dieu du feu.

[3] Droupada, plus connu en qualité de père de Draupadi, l'épouse des fils de Pandou.

[4] La contrée appelée Panchala, située au pied de l'Himalaya, s'étendait au nord et à l'est de Delhi. Elle était gouvernée par les cinq (*Pancha*), fils d'un prince nommé Haryaswa, circonstance à laquelle elle devait son nom.

nime Brahmane Râma, fils de Djamadagni [1], destructeur des ennemis, versé dans la doctrine sacrée, habile dans la science des armes, avait une seule pensée : c'était de combler les Brahmanes de richesses.

Il voulait aussi apprendre de lui, avec la science des armes divines, la politique et la morale.

Entouré de ses pieux disciples, le pieux Drona se dirigea vers la belle montagne Mahendra [2].

Là, il vit le descendant de Bhrigou [3], sage, patient, vainqueur des ennemis, et inclinant la tête à terre jusqu'à ses pieds, lui dit son nom, son origine ; qu'il était de la race d'Angiras [4], et, le voyant empressé à se retirer dans la forêt, il ajouta ces paroles :

[1] Djamadagni avait été tué par les fils de Kartavirya, roi de Mahismati. Ce fut pour venger sa mort, que son fils, appelé Râma ou Parasou-Râma (Râma à la hache), extermina les Kchattriyas et donna la terre aux Brahmanes. Cette légende implique sans doute une lutte entre les Brahmanes et les Kchattriyas pour le gouvernement de l'Inde.

[2] Mahendra est la chaîne de montagnes qui s'étend de Gondwâna jusqu'à Orissa et au pays des Circars septentrionaux. Une partie, voisine de Gandjam, est appelée communément Mahindra-Malcy *mont Mahindra* ou Mahendra.

[3] Bhrigou était un des premiers Pradjapatis ou fils de Brahma, et l'un des ancêtres de Parasou-Râma.

[4] Angiras, un des fils de Brahma. Les Brahmanes se partagèrent en Gotras ou familles, d'après le fondateur supposé de leur race. Au sud de l'Inde, on trouve encore des Brahmanes se prétendant issus de ces familles patriarcales.

« Je suis Drona, le Brahmane, fils de Bharadwâdja : je n'ai pas eu une femme pour mère : je viens réclamer ton secours. »

« Tu es le bien venu, ô le meilleur des Brahmanes, répond le vainqueur des Kchattryas : dis ce que tu désires de moi. »

A ces mots du généreux Râma, Drona répliqua :

« O pieux héros, accorde-moi des trésors sans fin. »

Râma dit :

« Tout mon or, tous mes biens, je les ai distribués aux Brahmanes; cette terre divine, qui a pour limite l'Océan, je l'ai donnée tout entière à Kasyapa[1] avec sa ceinture de villes. Ma personne, des armes précieuses, voilà ce qui me reste; mes armes, ma personne, tout est à toi : choisis. Que puis-je t'accorder, Drona? N'hésite point à le dire. »

Drona dit :

« O Bhargava[2], donne-moi toutes tes armes, et les secrets de leur usage, et les charmes qui en restreignent l'effet. » Aussitôt Râma, accédant à son désir, lui apprend sans réserve ses secrets, ses

[1] Kasyapa, fils de Marichi, petit-fils de Brahma. Plusieurs légendes le désignent comme le créateur immédiat de tous les êtres, par ses différentes femmes, les filles de Daksha. Il a donné son nom à Kashmir, Kasyapa-poura.

[2] Surnom de Râma, c'est-à-dire fils ou plutôt descendant de Bhrigou.

formules magiques et la science de l'archer [1].

Fier de ces dons, le cœur rempli de joie, Drona se dirige vers Droupada, son ami.

Vaiçampâyana dit :

Bientôt, tout glorieux, il l'aborde en disant : « O roi, un prince, ton ami, est venu : me voici ! »

Ainsi interpellé par Drona au nom d'une ancienne amitié, le roi des Panchaliens ne peut supporter ces paroles : l'impatience contracte son sourcil, la colère injecte ses yeux de sang. Aveuglé par le délire du pouvoir, il gourmande Drona en ces termes :

Droupada dit :

« Ton instruction est incomplète, Brahmane ; tu manques d'expérience, toi, qui me dis sans ménagement : je suis ton ami. Insensé ! Non, il n'est point d'amitié possible entre les puissants rois et les gens de ta sorte, privés de richesses, dénués de tout ! Avec le temps, la ruine brise les liens les plus forts. Jadis, mon affection pour toi reposait sur l'égalité du pouvoir. Mais dans le monde, il n'est pas un cœur où l'amitié soit impérissable : elle est vaincue par le temps, anéantie par la colère. Ainsi, ne regarde plus comme telle une amitié passée, fondée seulement sur l'intérêt. Non, le

[1] Le Dhanour-Véda, ou le Véda de l'Arc.

pauvre n'est pas l'ami du riche, le fou du sage, le lâche du héros! D'ailleurs, pourquoi rappeler une amitié ancienne? L'égalité des richesses, l'égalité du savoir, tels sont les liens de l'affection. Qu'y a-t-il de commun entre le mendiant et l'homme nourri dans les délices, entre l'ignorant et le savant, entre le vil soldat et le guerrier qui combat sur son char, en un mot, entre un prince et un souverain! Pourquoi donc rappeler une ancienne amitié! »

Vaiçampâyana dit :

A ces paroles de Droupada, le glorieux Drona, quoique enflammé de colère, se recueillit un instant. Après une courte délibération, il arrêta [1] dans sa pensée sa vengeance contre le roi des Panchaliens.

Puis il partit pour la ville de Nâgasâhvaya [2], et là, il habita, sans se faire connaître, dans la demeure de Gautama [3].

[1] On verra dans la dernière partie de cet épisode les terribles suites de ce moment de réflexion.

[2] Mot synonyme de Hastinapoura (*ville des Éléphants*). Ce sont les deux noms d'une ancienne capitale de l'Inde, détruite, dit-on, par une inondation du Gange. Hastinapoura tire aussi son nom de Hastin, prince de la dynastie lunaire, qui en est le fondateur présumé.

[3] Gautama, un Richi, que l'on dit être un des fils de Brahma. On le regarde comme le premier qui ait enseigné la logique (*Nyaya*).

II

Le Tournoi.

Vaiçampâyana :

Assuré de l'habileté des fils de Dhritarachtra [1] et des fils de Pandou [2], dans les exercices militaires, Drona adressa ces mots au roi Dhritarachtra, en présence de Kripa [3], de Somadatta [4], du sage

(1) Dhritarachtra, roi de Hastinapoura, prince de la dynastie lunaire. Ses fils étaient au nombre de cent. Il était né aveugle.

(2) Pandou, frère de Dhritarachtra ; selon quelques traditions, il fut écarté du trône parce qu'il était lépreux, comme l'indique son nom (*le Pâle*), il se retira à l'Himalaya, où il mourut. Pritha ou Kounti lui donna trois fils : Youdhichthira, Bhima ou Bhimasena et Ardjouna ; et de Madri, fille du roi de Madra, deux autres fils ; Nakoula et Sahadeva. Mais ces fils étaient les enfants de plusieurs dieux et non de Pandou.

(3) Kripa et sa sœur Kripâ étaient les enfants de Satyadhriti, un des descendants de la branche de Kourou. Pendant leur enfance, ils furent exposés dans un bosquet de bambous, où ils furent trouvés par Santanou, grand-père de Dhritarachtra, qui les recueillit et les éleva comme ses propres enfants. Le fils devint un des conseillers intimes du roi de Hastinapoura ; la fille fut mariée à Drona.

(4) Somadatta, fils de Bahlika.

Bahlika [1], de Gangeya [2], de Vyasa [3] et de Vidoura [4] : « O roi, le plus illustre des descendants de Kourou [5], tes fils possèdent la science des armes : permets-leur de montrer leur habileté. »

Dhritarachtra dit :

« Fils de Bhâradwâdja, illustre Brahmane, tu as

[1] Bahlika, fils de Pratipa, frère de Santanou et grand-oncle de Dhritarachtra. Il gouvernait un royaume indépendant qui prit son nom.

[2] Gangeya est un nom de Bhichma, fils de la déesse Ganga (le Gange) et de Santanou. Il renonça au trône en faveur de ses frères de père, Chitrangada et Vichitravirya ; mais à leur mort, et à cause de la cécité de Dhritarachtra, il fut protecteur du royaume.

[3] Vyasa, fils du richi Parasara et de Satyavati, qui fut ensuite l'épouse de Santanou ; il était regardé comme frère des fils de ce dernier. Chitrangada, l'un d'eux, mourut jeune, et Vichitravirya mourut sans enfants, laissant deux veuves. Conformément à la loi des Hindous, Vyasa fut chargé de perpétuer la race de son frère, et devint ainsi père de Pandou et de Dhritarachtra. Il ne prit cependant aucune part aux affaires ; mais se consacrant à la religion et aux lettres, il fonda une école, dont les disciples arrangèrent les Védas, et compilèrent les Pouranas et le Mahabharata. Il dut son nom de Vyasa (le Diascévaste) à la classification des Védas. Il est encore appelé Krichna Dwaipâyana, à cause de sa complexion délicate (Krichna) et de sa naissance sur une île (dwipa) du Gange.

[4] Vidoura, fils de Vyasa et d'une femme esclave. Il est aussi nommé Kchattri, comme issu d'un Brahmane et d'une Soudra. Dans Manou, le Kchattri, qu'il ne faut pas confondre avec le Kchattriya, de la caste guerrière, est dit fils d'un Soudra et d'une Brahmine.

[5] Kourou, prince de la race de Pourou, et ancêtre éloigné à la fois de Pandou et de Dhritarachtra. Le terme de Kaurava, ou descendant de Kourou, peut s'appliquer aux fils des deux princes. Cependant il désigne habituellement les fils de Dhritarachtra en opposition à Pandava, fils de Pandou.

bien rempli ta mission [1] : quand tu jugeras le temps favorable, dis-moi le lieu, dis-moi le mode des exercices : commande, on t'obéira. Aujourd'hui dans mon infortune j'envie à ceux qui jouissent de la lumière le bonheur de voir mes fils et mes neveux se distinguer par leur habileté. Vidoura, suis exactement les instructions du vénérable Acharrya [2], tu ne feras rien qui me soit aussi agréable. »

A ces mots, Vidoura prit congé du roi et sortit.

Le sage Drona fit mesurer le sol ; il choisit pour arène un lieu dépourvu d'arbres et de broussailles, arrosé au nord par un limpide ruisseau. Là, il fit une offrande, en honorant le jour lunaire dans son patron, et annonça la fête.

Selon le rite, les ouvriers du roi construisirent un immense preskchagara [3], orné de mille trophées, et les habitants de la ville firent dresser pour les femmes des siéges élevés et des tentes magnifiques.

Au jour fixé, le roi, après avoir nommé Bhîchma et Kripa présidents des jeux, entra, entouré de ses conseillers, dans la tribune, tendue de réseaux de perles, ornée de lapis-lazuli, resplendissante d'or.

[1] Comme précepteur des jeunes princes.

[2] Drona était ainsi appelé en qualité de précepteur.

[3] Tribunes dressées autour de l'arène, comme dans les tournois du moyen âge, ou dans les courses de nos jours.

La vertueuse Gandhari [1], Kounti [2], toutes les femmes du roi, suivies de leurs esclaves, se rendirent à leurs places avec empressement, semblables aux déesses gravissant le mont Mérou [3].

Les Brahmanes, les Kchattriyas et les autres castes arrivèrent en toute hâte de la ville, dans leur désir de voir la lutte des jeunes princes.

Le son des instruments, l'ardente curiosité de la foule, tout faisait ressembler l'amphithéâtre à une mer immense agitée par le vent.

A ce moment, entra dans l'arène, avec son fils, Drona, revêtu d'une robe blanche [4], ceint du cordon blanc de l'investiture, la barbe et les cheveux blancs comme l'argent, orné d'une guirlande éclatante de blancheur, couvert de parfums : tel le soleil, accompagné d'Angaraka [5], s'avance dans un ciel d'azur.

[1] Gandhari, femme de Dhritarachtra, et fille de Gandhara, roi de la province de ce nom, pays des Gandhariens d'Hérodote. Comme son époux était aveugle, elle portait toujours un voile replié sur ses yeux, se condamnant, par tendresse, à une cécité volontaire.

[2] Kounti, nommé aussi Pritha, une des filles de Soura, roi de Souracénas (les Suracéniens d'Arrien), dont la capitale était Methora, Mathoura ou Mouttra sur la Djomnah. Elle fut donnée par son père à son cousin Kountibhodja, qui l'adopta et la maria à Pandou. Elle était sœur de Vasoudeva et tante de Krichna.

[3] Mérou, fabuleuse montagne au centre de la terre, où l'on place les villes des dieux et les demeures des esprits célestes.

[4] Costume des Brahmanes qui suivent le rite blanc.

[5] Nom de la planète Mars.

Il fit une oblation selon le rite, et ordonna aux savants Brahmanes d'adresser aux divinités une prière et de proclamer la solennité de ce jour fortuné. Autour de l'arène se rangèrent des hommes armés.

Bientôt entrèrent les princes, montés sur leurs chars, marchant selon leur âge, et précédés de Youdichthira : leurs mains sont protégées contre les coups; une ceinture entoure leur corps; ils portent un arc et un carquois. Alors, les vaillants héros, disposant leurs armes, accomplissent les exercices les plus admirables. Entraînés par leurs coursiers agiles, ils lancent mille flèches et atteignent le but.

Parmi les spectateurs, les uns effrayés baissent la tête, les autres exempts de crainte regardent avec étonnement. Le mouvement des arcs et des flèches leur paraît un merveilleux mirage [1]. La surprise tient leurs yeux immobiles : aussitôt des cris d'approbation éclatent de toutes parts.

A l'exercice de l'arc succèdent les courses des chars : montés sur des coursiers, sur des éléphants, ils rivalisent d'adresse dans des combats singuliers; du glaive, ils se portent des coups qu'ils pa-

[1] Mot à mot, la cité des Gandharvas. Les Gandharvas sont les musiciens du ciel. Leur ville est Alaka, sur le mont Mérou : ce mot veut dire dans ce passage, un assemblage de figures diverses formées par les nuages.

rent du bouclier, et dans leurs attitudes diverses ils déploient dextérité, élégance, habileté et vigueur.

Les deux éternels adversaires, Souyodhana [1] et Vrikodara [2], s'avancent armés d'une massue; ils ressemblent à de hautes montagnes : ils s'attaquent avec la fureur de deux éléphants enflammés de jalousie; la brillante massue vole tantôt à gauche, tantôt à droite, et leur adresse à l'éviter prolonge la lutte.

Vidoura expliquait à Dhritarachtra, et Kounti à Gandhari les exploits des jeunes princes. La foule mobile se partageait en deux parties; les cris de : « Ah ! Douryodhana ! ah ! Bhima ! » s'élevant de tous côtés, un immense tumulte régnait dans l'assemblée.

Le sage Drona, voyant le cirque semblable à une mer orageuse, adressa ces mots à son fils Asvatthama.

Drona dit :

« Modère l'ardeur de ces valeureux combattants; calme l'exaltation qu'excite dans l'arène la lutte de Bhima et de Douryodhana. »

[1] Souyodhana, l'aîné des fils de Dhritarachtra, le bon (sou), guerrier (yodhana). Il est plus communément appelé Douryodhana, le mauvais (dour), yodhana ; à cause, non d'un manque de courage, mais de sa cruauté.

[2] Vrikodara, surnom de Bhima, le second des Pandavas, qu'il devait à un appétit vorace. Vrika (loup), Oudara (ventre).

II.

Vaiçampâyana dit :

Cependant les deux champions, tels que deux océans violemment agités par le vent de la mort, élevaient en l'air leur redoutable massue, lorsqu'ils sont retenus par le fils du Gourou [1].

Alors Drona descend dans l'arène : il arrête les instruments dont les sons retentissent comme le tonnerre et prononce ces paroles :

« Voici l'habile guerrier, qui m'est plus cher qu'un fils, Partha [2], fils d'Indra, semblable à Vichnou! Voyez-le! »

A ces mots paraît Ardjouna, qui reçoit la bénédiction de son maître : sa main est protégée contre les coups; il porte un arc et un carquois garni de flèches ; son armure est d'or. Ainsi brille, le soir, un nuage éclairé des derniers feux du soleil. A sa vue, un bruit inexprimable s'élève dans l'amphithéâtre. Les instruments, les conques résonnent avec éclat.

« Voilà le fils de Kounti, l'illustre descendant de Pandou, le rejeton du puissant Indra, le protecteur

[1] Drona, ainsi surnommé, comme précepteur des princes.

[2] Partha, fils de Pritha, nom appliqué surtout à Ardjouna, que l'on appelle aussi Phalgouna.

des Kourous : voilà le combattant le plus habile, le plus vertueux des mortels ! voilà le précieux trésor de la sagesse et de la science ! »

Telles étaient les acclamations de l'assemblée, et des larmes, tombant goutte à goutte, inondaient le sein de Kounti.

Frappé de ce bruit, Dhritarachtra, la joie dans le cœur, s'adresse à Vidoura : « Quel est ce tumulte, semblable au bruit de la mer en courroux, qui s'élève tout à coup dans le cirque et frappe ainsi les airs ? »

Vidoura dit :

« Grand roi, c'est Phalgouna, un des descendants de Pandou, qui entre en lice tout armé : telle est la cause de ce grand bruit. »

Dhritarachtra dit :

« O bonheur ! le ciel me récompense : je me sens protégé par la triple flamme, issue de Prithârani[1]. »

Vaicampâyana dit :

La foule transportée se pressait autour de l'arène pour admirer les exploits du disciple de Drona. Le héros prend mille attitudes : il se baisse, se relève, se tient sur le timon, au milieu du char, descend à terre ; ses flèches frappent des buts divers[2].

[1] Le feu sacré des Hindous, qui était unique dans l'origine, fut triplé, dit-on, par les descendants de Pourou. Dhritarachtra compare ici les trois fils de Kounti, Youdhichthira, Bhima et Ardjouna aux trois feux sacrés, et leur mère à Arani, ou bois consacré, qui les produisait.

[2] Le texte porte : il perce de ses flèches le tendre, le subtil, le dur.

Dans la gueule d'un sanglier de fer, tournant sur lui-même, il décharge, comme une seule flèche, cinq flèches séparées : il en lance vingt-et-une dans une corne de vache qu'une corde retient en l'air. Le glaive, l'arc, la massue, lui servent à déployer son habileté dans les armes.

Ces jeux étaient terminés ; la fatigue s'emparait de la foule, les sons des instruments s'affaiblissaient, quand tout à coup, à la porte de l'amphithéâtre, éclatent des applaudissements semblables au fracas de la foudre, signes d'une grande admiration. « Ah ! les montagnes se fendent? la terre s'entr'ouvre? l'air se remplit de nuages amoncelés? » Telles sont les pensées de la foule. Tous les regards se tournent vers la porte. Alors paraît Drona, escorté des cinq frères, fils de Pandou : telle la lune entre dans Savitra [1] qu'embellissent cinq étoiles.

Auprès du valeureux Douryodhana, le destructeur des ennemis, armé de sa massue, se tiennent ses cent frères, avec Asvatthama, les armes dressées : leur chef s'avance à la tête de sa glorieuse escorte. Tel jadis se montra Indra, entouré des

(1) Savitra, la treizième des Nakchatras, stations lunaires, ou portions des cieux que la lune parcourt successivement. Elle est appelée ordinairement Hasta, et renferme cinq étoiles dont la plus brillante est γ ou δ Corvi.

dieux, et préparant la ruine des fils de Danou [1].

Pendant quelques instants, la foule, les yeux attentifs, était plongée dans l'admiration, quand on vit entrer dans l'immense arène Karna, le vainqueur des cités ennemies, couvert de l'armure qu'il reçut en naissant, les oreilles ornées de pendants magnifiques, armé d'un arc et d'un cimeterre, s'avançant comme une montagne qui s'ébranlerait : l'illustre héros, aux grands yeux, est l'enfant de la célèbre Kounti [1] et du Soleil aux brillants rayons [2]. Le vaillant guerrier, doué de la force du lion, de l'ours et de l'éléphant, grand comme le palmier d'or, fortuné, riche en vertus, est, par l'éclat de sa beauté, l'égal du soleil et de la lune. Après avoir promené ses regards sur tout l'amphithéâtre, il fait à Drona et à Kripa un salut peu respectueux. L'assemblée entière reste immobile d'étonnement. « Quel est-il ? » Telle est la question de tous.

Alors Karna interpelle en ces termes Ardjouna, son frère, sans le connaître : « Fils de Pritha, tout

[1] Danou était une des femmes du grand créateur des êtres, Kasyapa ; elle fut mère des Danavas, race puissante de génies ou Titans, qui disputèrent souvent la prééminence aux demi-dieux.

[2] Karna, frère de mère des Pandavas, par leur mère Kounti ou Pritha, qui, avant son mariage avec Pandou, avait eu Karna de Sourya, le Soleil. La chose resta secrète. L'enfant fut exposé sur les bords de la Djomnah, et élevé par Adhiratha, le soûta ou cocher du roi Soutra, et son épouse Râdhâ. C'est de là que Karna reçut les surnoms de Souta et de Radheya, ou fils de Rhâdâ.

ce que tu viens de faire, je le ferai comme toi : et plus que toi j'exciterai l'admiration. » A peine a-t-il fini de parler, que toute la foule se lève, comme mue par un ressort. Douryodhana éprouve un sentiment de joie [1] : la honte et la colère envahissent aussitôt le cœur d'Ardjouna.

Bientôt, avec l'assentiment de Drona, Karna exécute les passes qui ont illustré Ardjouna. Douryodhana, le cœur pénétré de joie, l'embrasse et lui dit :

« Salut, vaillant héros ; tu es à nous comme nous sommes à toi ; sois notre orgueil et la gloire du royaume des Kourous. »

Karna dit : « Ce que j'avais à faire, je l'ai fait, et j'accepte ton amitié. Mais, ô Seigneur, j'appelle de tous mes vœux un combat singulier avec Ardjouna. »

Douryodhana dit : « Que ton désir soit satisfait, ô toi qui de tous mes amis es le plus cher à mon cœur. Mets le pied sur la tête de nos rivaux, ô vainqueur des ennemis ! »

Vaiçampâyana dit :

Alors Ardjouna, vivement ému de l'offense, adresse ces mots à Karna, debout au milieu des Dhartarachtras :

[1] On sait l'éternelle haine qui divise les fils de Dhritarachtra et ceux de Pandou.

« Tu connais le sort de ceux qui viennent e parlent sans être appelés? Eh bien! ce sort sera l tien : frappé de ma main, tu les rejoindras parm les morts. »

Karna dit : « Cette arène est ouverte à tous crois-tu, Phalgouna, qu'elle est pour toi seul? C'es la force qui distingue les rois : l'héroïsme fait l noblesse. Tes injures sont des traits impuissants Mes traits, à moi, sont les flèches dont, en présenc de ton maître, je te frapperai au front. »

III

Vaiçampâyana dit :

Alors, avec l'assentiment de Drona, Ardjouna après avoir reçu le baiser de ses frères, s'avance a combat. De son côté, Karna embrasse Douryodhan et ses frères ; et, les flèches et l'arc en main, il s tient prêt à la lutte. De sombres nuées, renfermar en leur sein la foudre et éclairées par l'arc-en-ciel obscurcissaient l'éther, où se jouaient des bande de grues. Alors, le Soleil, voyant Indra regarde avec un vif intérêt les jeux dans l'arène, dissipa l nuages. Jusque-là cachés par l'ombre, Ardjoun et Karna parurent éclatants de lumière.

Du côté de Karna se tenaient les fils de Dhritarachtra : Drona, Kripa, Bhichma, entouraient Ardjouna. L'amphithéâtre, les femmes elles-mêmes, étaient partagés en deux partis : Kounti, qui seule connaît le mystère, sent le froid de la mort envahir son être. Vidoura, plein d'empressement, la ranime : ses femmes lui prodiguent l'eau de sandal. Revenue à la vie, elle jette un douloureux regard sur ses deux fils prêts à en venir aux mains ; mais bientôt, le cœur torturé par l'anxiété, elle ne voit plus rien.

Cependant Kripa interpelle en ces termes les deux champions : « Le vaillant, le vertueux fils de Kounti et de Pandou, est toujours prêt à combattre. Mais toi, guerrier aux grands bras, dis-nous ta mère, ton père ? De quelle famille de rois es-tu l'honneur ? Te connaissant, Ardjouna pourra se décider. Les princes ne luttent pas avec des inconnus ! »

Vaiçampâyana dit :

A ces mots, Karna, saisi de honte, baisse la tête comme un lotus appesanti par la pluie [1].

Douryodhana dit : « Drona, les rois ont une triple origine, ainsi l'établissent les Ecritures : la noblesse, l'héroïsme, le commandement des armées. Si cet Ardjouna refuse un adversaire qui n'est point

[1] . . . . Lassove papavera collo
Demisere caput, pluviâ quum forte gravantur.
Virg., IX, 436.

roi, je donne à Karna la royauté d'Anga [1]. A l'instant il sera sacré ! »

IV

Vaiçampâyana dit :

Aussitôt Karna, assis sur un trône d'or, entouré de vases d'or que couvrent des grains et des fleurs, est sacré roi d'Anga par les sages Brahmanes : il reçoit l'onction sainte, le parasol, l'éventail, insignes de la royauté.

Un cri de triomphe s'élève, auquel on répond de toutes parts.

Le roi Karna adresse ces paroles à Douryodhana : « Tu m'as donné un royaume, Seigneur ! que puis-je te donner en retour ? dis-le, ô prince ! J'ai le pouvoir, je veux te satisfaire. — Ton amitié, dit Douryodhana. — Je te l'accorde, répond Karna. » Et ils tombent dans les bras l'un de l'autre, et une indicible joie pénètre leur cœur.

En ce moment entra dans l'arène Adhiratha [2] tremblant, couvert de sueur, dépouillé de son vêtement supérieur, hors d'haleine, la bouche ouverte comme pour crier. A sa vue, Karna, lâchant

[1] Contrée voisine du Bengale, renfermant Bhagalpour.
[2] Le père nourricier de Karna.

son arc, incline devant son père sa tête encore humide de l'huile sainte. Celui-ci, tout ému, enveloppe de son vêtement les pieds de son fils, et, le cœur agité par la tendresse, il laisse échapper ce seul mot : « O mon fils ! » Puis, saisissant entre ses bras la tête si chère du nouveau roi d'Anga, il ajoute à l'onction royale l'onction des larmes paternelles.

A ce spectacle, Ardjouna se dit : « Cet homme est le fils d'un souta (cocher) ! » Alors Bhimasena s'écrie avec ironie : « Dis, fils de souta, te crois-tu digne de tomber sous les coups du fils de Pritha? Va, prends un aiguillon : c'est le sceptre de ta famille. Et tu posséderais le royaume d'Anga, ô le plus vil des hommes ! Tu ressembles au chien, léchant le beurre qui tombe de l'autel pendant le sacrifice ! »

A cet outrage, la colère fait trembler les lèvres de Karna ; il se contient, et, poussant un soupir, il lève ses yeux vers le soleil, brillant au milieu du ciel [1]. Douryodhana, transporté de colère, s'élance du milieu de ses frères, comme un éléphant furieux sort d'un massif de lotus, et s'adressant au redoutable Bhima :

« C'est mal à toi, Vrikodara, de prononcer de

[1] Comme pour implorer son secours. On a vu qu'il était fils de ce dieu et de Kounti.

telles paroles : la première vertu des Kchattriyas est la force; on peut donc combattre avec un Kchattriya ! L'origine des héros est difficile à connaître, autant que la source des fleuves. L'eau produit le feu, qui pénètre l'univers [1]. Les ossements de Dadhicha [2] ont formé la foudre, l'instrument de la destruction des Danavas. Gouha [3], le mystère des mystères, fils de Roudra, nourrisson d'Agni et des Krittikas, est encore nommé fils du Gange. Des Kchattriyas [4] sont issus d'illustres Brahmanes, tels que Vichwamitra [5]. C'est dans un vase que Drona, l'illustre guerrier, et dans un massif de bambous que Kripa, descendant du sage Gotama, ont vu le jour. Et vous, croyez-vous que j'ignore le mystère de votre origine [6]? Comment un guerrier, orné d'une si brillante armure, doué des signes de la

[1] Allusion aux feux sous-marins.

[2] Dadhicha, richi, sectateur de Civa. La foudre d'Indra était formée de ses os, pour détruire les Danavas ou Titans.

[3] Gouha ou Skanda, le Mars des Hindous, était fils de Roudra ou Civa. Il fut d'abord élevé par Agni, d'où son nom Agneya, puis donné à la déesse Ganga, d'où Gangeya. Il eut pour nourrices six nymphes appelées Krittikas, et il est surnommé Krittikêya. Il est au ciel la planète Mars, et ses nourrices sont les Pléiades.

[4] Allusion à une race de Brahmanes appelés Angirasas, issus de Nabhaga, un des premiers princes de la dynastie solaire.

[5] Vichwamitra, fils de Gadhi, roi de Kanyakoubja ou Kanodge, Kchattriya de naissance, obtint des dieux le rang et le pouvoir d'un Brahmane, pour aller ainsi de pair avec le brahmane Vacichtha.

[6] On sait que Bhima et ses quatre frères étaient réputés fils de Pandou, mais qu'en réalité, ils avaient des dieux pour pères.

force, comment un héros semblable au soleil aurait-il pour père un être aussi vil? Le tigre peut-il naître de la gazelle? Ce n'est pas le royaume d'Anga, c'est l'empire de la terre que mérite à Karna sa valeur, qu'il est tout prêt à déployer. S'il est quelqu'un qui n'approuve point mes paroles, qu'il s'élance sur son char et s'apprête au combat. »

A ces mots, le tumulte fut à son comble dans le cirque, les cris d'approbation éclatèrent de tous côtés.

Cependant la lumière du soleil se voilait : Douryodhana, prenant le brave Karna par la main, sortit avec lui de l'amphithéâtre. Le fils de Pandou, escorté de Drona, de Kripa et de Bhîchma, se retira dans son palais. La foule s'écoulait en célébrant les héros Ar[illegible]ouryodhana et Karna; et Kounti, reconnaissant les signes de la divinité de son fils chéri, le souverain d'Anga, sentit son cœur pénétré d'une joie secrète [1].

Douryodhana, assuré de l'appui de Karna, fut délivré de la crainte que lui inspirait le terrible Ardjourna : Karna, vaillant guerrier, adressa un respectueux salut à son bienfaiteur, et Youdhichthira répétait : « Non, sur la terre, il n'est point de héros égal à Karna. »

[1] Latonæ tacitum pertentant gaudia pectus.

Enei., I, 505.

III

Victoire de Drona.

Vaiçampâyana dit :

Les jeunes princes avaient montré leur adresse à manier les armes ; le moment était arrivé pour leur précepteur de recevoir sa récompense. Le vénérable Drona, après avoir réfléchi, convoqua ses disciples et leur dit : « Allez attaquer le roi des Panchaliens, Droupada, faites-le captif et amenez-le. Ce triomphe sera pour moi la plus belle récompense. » A peine a-t-il parlé que tous, s'élançant sur leurs chars, partent avec Drona à la recherche du prix que désire leur maître. Ils marchent vers le royaume des Panchaliens et attaquent [1] la ville du puissant Droupada. Douryodhana, Karna, Youyoutsou le fort, Douhchasana, Vikarna, Djalasandha le beau [2], et les autres vaillants princes,

[1] Le texte porte « ils détruisent », la fin de la lutte étant ainsi annoncée d'avance.

[2] Ce sont des fils de Dhritarachtra. Douhchasana ajouta l'insulte

se disputent la première place au combat en criant : « Moi en avant ! moi en avant ! » Debout sur leurs chars, ils pénètrent dans la ville et se dirigent vers la demeure du roi.

Le roi des Panchaliens entend le tumulte, il voit la foule des ennemis. Entouré de ses frères, il s'arme à la hâte et sort du palais. A sa vue, les princes poussent des cris de joie et l'accablent de leurs flèches. Droupada, entraîné sur son brillant char, marche à leur rencontre et décoche contre eux ses flèches redoutables.

Vaiçampâyana dit :

Cependant, après un moment de réflexion, Ardjouna dit d'un ton d'orgueil à Drona, le meilleur des Brahmanes : « Il faut mettre un terme à leur résistance par un coup d'éclat, puisqu'ils ne peuvent s'emparer du Panchalien ! » Il dit, et, suivi de ses frères, le fils de Kounti, héros sans péché, sort de la ville et se poste à quelque distance. — Droupada, de son côté, frappe d'une grêle de flèches les fils de Dhritarachtra. Seul, debout sur son char, il déploie tant d'ardeur et d'énergie, que les princes le considèrent avec effroi, croyant voir plus d'un

à la violence. Il saisit Draupadi par les cheveux dans l'assemblée où les fils de Pandou perdirent aux dés leurs droits au partage du royaume et furent exilés. Pour se venger, Bhima fit vœu de tuer à son retour Douhchasana et de boire son sang. Il accomplit sa menace.

guerrier. Alors éclatent par milliers les sons des tambourins, des conques, des timbales : les Panchaliens poussent leur cri de guerre : le bruit aigu de l'arc s'élève jusqu'au ciel. En vain Douryodhana, Vikarna, Soubahou [1], Douhchasana, pleins de rage, cherchent à accabler Droupada de leurs traits : le héros invincible disperse en un moment et Douryodhana, et Vikarna, et même le redoutable Karna. Tous les citoyens, les enfants, les vieillards, armés de bâtons, de massues, se précipitent comme un ouragan sur les ennemis, les pressent, les harcèlent de leurs clameurs.

Les Pandavas entendent le cri de détresse des vaincus, qui fait dresser les cheveux : ils saluent respectueusement Drona et s'élancent sur leurs chars. Ardjouna retenant Youdhichthira : « Ne combats pas, » dit-il, et il donne le commandement des ailes à ses deux frères, les fils de Madri. Bhima, armé de sa massue, dirige l'armée. Il entend le bruit des ennemis, et, entouré de ses frères, il se porte rapidement de leur côté. Son char fait retentir tous les lieux d'alentour. Semblable à Yama, l'ange de la mort, le terrible Bhimasena fend la foule tumultueuse des Panchaliens, comme le makara [2] les flots de l'Océan. Il attaque la troupe des

[1] Nom d'un des fils de Dhritarachtra.

[2] Monstre marin, crocodile, requin, ou plutôt animal fabuleux.

éléphants et les frappe de sa massue ; ces gigantesques animaux, le front brisé, perdent des flots de sang : ils tombent sur le sol comme des montagnes frappées de la foudre. Ardjouna disperse les éléphants, les chars, massacre les fantassins ; et comme dans la forêt un berger, de son aiguillon, fait marcher son troupeau, tel Bhima, de sa massue, pousse les éléphants devant lui.

II

Vaiçampâyana dit :

Dans son désir de plaire à Drona, Ardjouna couvre Droupada d'une grêle de flèches. Il disperse les éléphants, les chevaux, les chars, aussi éclatant que le feu lors de la destruction du monde. Les Panchaliens, accablés de traits, se réunissent, poussent leur cri de guerre, et se précipitent tous ensemble sur Ardjouna. Ce fut une lutte terrible et un merveilleux spectacle. Ardjouna, de ses flèches redoutables, repousse l'attaque des ennemis : son ardeur ne se ralentit pas un instant. Au cri de guerre répondent mille cris d'admiration.

Alors le roi des Panchaliens, accompagné de Satyadjit [1], s'élance rapidement dans la mêlée,

[1] Satyadjit, cousin de Droupada.

comme Sambara attaquant le grand[1] Indra; il accable Ardjouna de ses traits. Sa présence ranime le courage des Panchaliens : ainsi qu'un lion audacieux tente de saisir le chef d'une troupe d'éléphants sauvages, tel Satyadjit, voulant protéger Droupada, court sur Ardjouna. Cependant les deux chefs, par une lutte acharnée, jetaient le trouble et l'effroi dans tous les cœurs, comme Indra terrifie les Vairochanas[2]. Ardjouna se voit attaqué par Satyadjit, et il le frappe de dix flèches acérées. De son côté, Droupada blesse son adversaire, et Ardjouna, tendant son arc, répond par une volée de traits; il tranche la corde des arcs de Satyadjit, les traits de ses coursiers : le prince, désarmé, se retire près du roi en fuyant le combat. Droupada voit la retraite de Satyadjit et redouble ses efforts contre Ardjouna. Celui-ci renverse à terre la bannière du lâche qui s'enfuit : de cinq flèches, il frappe son cocher et ses chevaux; puis, abandonnant son arc, il tire son épée, pousse le cri de guerre, s'élance sur Droupada, le renverse de son char, le saisit comme il eût saisi un éléphant troublant les eaux d'un lac.

A cette vue, les Panchaliens se dispersent de tous côtés. Ardjouna, après un tel exploit, jette un cri

[1] Sambara, un Daitya ou Titan, souvent en lutte avec Indra et les dieux.

[2] Vairochana est un nom de Bali, fils de Prahlada, né lui-même de Hiranyakasipou, tous princes de la famille des Daityas ou Titans.

de triomphe, et quitte le champ de bataille avec son prisonnier. Les princes le voient approcher, et d'un commun effort, ils détruisent la ville du magnanime Droupada.

Ardjouna dit : « Le roi Droupada est allié à la race héroïque des Kourous [1]; ne lui donne pas la mort, ô Bhima ! fais-en hommage à notre maître Drona. »

Vaiçampâyana dit :

Retenu ainsi par Ardjouna, Bhima s'arrête, obéissant à contre-cœur aux lois de la guerre. Ils amènent à Drona leur captif, suivi de ses conseillers. Couvert de honte, dépouillé de tous ses trésors, il est réduit à s'humilier. Drona, dont le cœur n'a point oublié leur vieille querelle [2], adresse ces paroles à Droupada : « En un instant, j'ai foulé aux pieds ton royaume, j'ai détruit la capitale de tes Etats. Ta vie est au pouvoir de ton ennemi. A quoi donc sert une ancienne amitié [3]? » Il dit, et fait entendre un rire amer, puis il reprend : « Ne crains point pour tes jours, ô héros ! les Brahmanes sont généreux. Les jeux, qu'enfants nous avons partagés dans l'ermitage, ont augmenté ma tendresse

[1] Droupada était allié aux Pandavas et aux Kauravas, descendant également de Pourou, fils de Yayati.

[2] Manet alta mente repostum.

[3] Drona répète avec ironie les propres termes de l'injure que lui a faite Droupada.

pour toi. Je te redemande ton amitié, ô le meilleur des Kchattriyas! et je te donne la moitié du royaume [1]. Accepte-la; car celui qui n'est point roi peut-il être l'ami d'un roi. Voici donc mon arrêt : Règne sur la rive méridionale du Gange; moi, je régnerai au nord, et si tu es content, considère-moi comme ton ami. » Droupada dit : « Ta conduite, ô Brahmane! n'a rien qui m'étonne. Ainsi agissent les héros magnanimes. Tu veux mon bonheur : aussi je désire qu'une éternelle amitié nous unisse. »

Vaiçampâyana dit :

A ces paroles, Drona rend la liberté à son captif; il le traite avec bonté, et lui donne la moitié de son royaume avec la populeuse cité de Makandi [2] sur les bords du Gange. Le roi détrôné habita la belle ville de Kampilya [3] et gouverna les Panchaliens méridionaux, et toute la contrée qu'arrose le Charmanvati [4].

Tel fut le traitement que Drona fit éprouver à Droupada après l'avoir humilié [5]. Il s'avoua vaincu

[1] Soyons amis, Cinna, c'est moi qui t'en convie.

. . . .

Reçois le consulat pour la prochaine année.

[2] Makandi n'est nommée nulle part ailleurs.

[3] Kampilya est probablement Kampil que citent les historiens mahométans de l'Inde et qu'ils placent dans le Douab.

[4] Le Charmanvati est la rivière Choumboul.

[5] Ou : « Tel fut le traitement qu'éprouva, de la part de Drona, Droupada, en punition de son outrage ».

par la puissance brahmanique, sans voir lui-même un Brahmane vaincu par un Kchattriya. Dans son désir d'avoir un fils, Drona fit de longs pèlerinages.

Bientôt il obtint le pays d'Ahichchhatra : la riche cité d'Ahichchhatra [1], conquête d'Ardjouna, fut accordée à Drona.

[1] Ahichchhatra, dans la contrée de ce nom, est une ville de quelque importance dans la tradition des Hindous : on prétend que c'est de là que vinrent les Brahmanes qui introduisirent leur religion dans le Dekkan. Elle était située au nord du Gange.

LE SVAYAMBARA DE DRAUPADÎ.

I.

Vaiçampâyana dit :

Alors les cinq frères, fils de Pandou, tigres des hommes, partirent avec leur mère pour voir Draupadi, et le lieu, futur théâtre d'une grande fête. En route, ils rencontrèrent une troupe nombreuse de Brahmanes, qui adressèrent ces mots aux Pandavas, déguisés sous le costume de Brahmachâris [1] : « Où vous dirigez-vous ? Et d'où venez-vous ? »

Youdhichthira dit :

[1] Brahmachâris, disciples des Brahmanes. Les fils de Pandou portaient le costume brahmanique : ils avaient la tête rasée et ne conservaient qu'une touffe de cheveux sur le sommet du crâne : la partie supérieure de leur corps était couverte d'une peau d'antilope, et ils portaient un bâton fait du bois de l'arbre Palâsa (butea frondosa) et un pot d'eau. *Voy.* Manou (ch. II, v. 41).

« Nous venons de la ville d'Ekachâkra [1] : nous sommes frères du même sang, et nous voyageons seuls avec notre mère : apprenez-le, ô les meilleurs des Brahmanes. »

Les Brahmanes dirent :

« Allez maintenant chez les Panchaliens, dans le palais de Droupada. Là, doit avoir lieu un grand Svayambara, et nous nous y rendons en caravane, car la fête sera sans doute merveilleuse. Là, vous verrez la fille du magnanime Droupada, fils de Yajnasena : elle est née du milieu de l'autel [2] : ses yeux sont larges comme la feuille du lotus, son corps se distingue par la beauté et la grâce, son intelligence est supérieure. Elle est sœur du brillant Dhrichta-

[1] Ekachâkrâ est le nom d'une ville, dont la position n'a pas été reconnue.

[2] Après sa disgrâce et le démembrement de son royaume, Droupada, animé par le ressentiment, eut recours à des moyens surnaturels pour se procurer la naissance d'un fils, qui vengerait un jour sa défaite et donnerait la mort à Drona. Après quelques difficultés, il détermina deux savants Brahmanes, nommés Yâdja et Upayâdja, qui accomplirent un sacrifice dans ce but, et au moment convenable, sommèrent l'épouse de Droupada de venir assister à la cérémonie. La reine était à sa toilette, et comme elle différait son arrivée avec une inexactitude toute féminine, la cérémonie s'accomplit sans elle. Deux enfants, un garçon, une fille, sortirent du feu du sacrifice. Le premier était Dhrichtadyoumna, qui apparut tout armé, un diadème sur la tête, un arc et une flèche à la main. Il eut la principale part dans le meurtre de Drona. L'autre, Krichnâ (nigra), ainsi nommée à cause de son teint noir, quoique d'une excessive beauté. Elle est plus ordinairement appelée Draupadi, comme fille de Droupada.

dyoumna, l'ennemi de Drona, qui, semblable au feu, est sorti de la flamme tout armé, tenant un glaive, des flèches et un arc. La belle Draupadi, dont la taille rivalise avec la tige du lotus, et qui, à une grande distance, exhale un doux parfum, a vu venir pour elle l'âge du Svayambara. Aussi, allons-nous assister à cette grande cérémonie. Là, se réuniront les maîtres de la terre, les rois, les fils de rois, généreux envers les Brahmanes, adorateurs des dieux, appliqués aux Védas, purs de corps et d'esprit, magnanimes, persévérants dans leurs vœux : ils viendront de tous côtés, portés sur leurs grands chars, habiles à combattre. Pour obtenir la victoire, ils nous donneront toutes sortes de présents, de l'argent, du bétail, des mets choisis, des aliments délicats. Chargés de ces offrandes, nous nous retirerons selon notre désir, après avoir assisté au Svayambara et joui de la fête. On y verra aussi venir de tous pays, Natas, Vaitâlikas, Narttakas, Soûtas, Mâgadhas, Niyodhakas [1]. Ainsi, lorsque vous aurez contemplé

[1] Le Nata est un acteur; mais de nos jours ce terme comprend les jongleurs, les bouffons et les individus qui exécutent des tours d'adresse, de force et d'agilité : cette dernière spécialité s'applique au Narttaka, quoiqu'il soit proprement un danseur. Le Vaitâlika, dans ses fonctions officielles, est un crieur poétique, semblable au crieur qui, en Europe au moyen âge, annonçait en vers les heures du jour et de la nuit : hors de cet emploi, il chantait ou récitait en public. Les Soûtas et les Mâgadhas ont une occupation semblable ; mais ils sont encore bardes ou hérauts, faisant partie du cortége des Hindous d'un rang élevé ; ils chantent les louanges du

la cérémonie, pris part à la fête et reçu des présents, vous reviendrez avec nous, ô héros magnanimes. Et peut-être, Draupadi, vous voyant tous beaux comme des dieux, choisira-t-elle un de vous pour époux ! Peut-être, ce héros, aux grands bras, s'il s'engage dans la lutte, parviendra-t-il à conquérir un prix d'une si grande valeur ! »

Youdhichthira dit :

« Puisqu'elle doit être si belle, cette solennité, nous nous joindrons à vous pour aller voir le Svayambara de la jeune vierge. »

Vaiçampâyana dit :

Après cet échange de paroles, les fils de Pandou se dirigèrent vers les Panchaliens méridionaux, sujets du roi Droupada. Là, ils virent un magnanime Mouni, pur de cœur, exempt de tout péché, Dvaipâyana [1].

Ils le saluent selon l'usage et sont bien accueillis par lui. Congédiés à la fin de l'entretien, ils continuent leur voyage vers la demeure de Droupada. Dans leur route, ils voient de belles forêts, des bois, et s'arrêtant çà et là, ils marchent lentement.

maître, célèbrent ses exploits et rappellent ses ancêtres et ses alliances. Le Niyodhaka est une sorte de gladiateur, il lutte avec les poings ou avec l'épée. Dans quelques parties de l'Inde, quand il combat avec les poings, ses mains sont armées de gantelets hérissés de pointes d'acier.

[1] Un des noms de Vyasa. Cette rencontre peut être regardée comme un heureux présage pour le succès de leur voyage.

Enfin, les fils de Pandou, adonnés aux Védas, purs de corps et d'esprit, au langage agréable [1], arrivent au royaume des Panchaliens. Après avoir vu la ville et le palais du roi, ils s'établissent dans la maison d'un potier. Là, ils recueillent l'aumône, fidèles au mode de vivre des Brahmanes. Et personne ne soupçonna l'arrivée des héros.

Pendant ce temps, Droupada agitait cette pensée, sans la communiquer à personne : « Je donnerais bien Draupadi à Ardjouna. » Dans son désir d'avoir pour gendre le fils de Kounti, le roi des Panchaliens, fait confectionner un arc solide, difficile à tendre, et une ingénieuse machine suspendue en l'air, qu'il destine pour être le but [2].

[1] Ou « se livrant à d'agréables entretiens. »

[2] Yantram Vachâyasam. Il n'est pas facile de proposer une explication satisfaisante de l'épreuve imaginée pour reconnaître Ardjouna à son habileté supérieure dans l'art de l'archer. L'arquebuse a depuis longtemps supplanté l'arc et la flèche dans l'Inde : et il ne reste pas de traces de cette dextérité dans l'usage de ces dernières armes, par laquelle les Hindous semblent avoir rivalisé avec leurs voisins, les Parthes. Les exploits des demi-dieux du Mahabharata tiennent toutefois du merveilleux, et seraient, peut-être, peu intelligibles, même si la pratique moderne les rappelait de loin. Le texte paraît porter qu'un but mobile, suspendu en l'air, tournait rapidement sur un pivot : qu'au niveau du plan du cercle qu'il décrivait, était fixé, sur un des côtés, un anneau ou bague, et que cinq flèches lancées ensemble, devaient traverser l'anneau et toucher la marque au moment où elle passait devant l'anneau. Cet exploit était digne d'Ardjouna. D'ailleurs, aucun des compétiteurs n'avait de chance : car, comme les prétendants de Pénélope, ils ne pouvaient pas même faire plier l'arc. C'est encore un exer-

II

Droupada dit :

« Voici un arc et ses flèches ; celui qui percera le but, aura ma fille. »

Vaiçampâyana dit :

Ainsi fut proclamé le Svayambara par le roi Droupada : alors arrivèrent de toutes parts, pour y assister, les princes, les Richis magnanimes, Douryodhana et ses frères, accompagnés de Karna, et les Brahmanes fortunés.

Les rois, traités honorablement par le généreux Droupada, prirent place sur des siéges élevés pour contempler le Svayambara. Tous les habitants, avec un bruit pareil à celui de l'Océan, se placèrent au nord-ouest[1] : du côté du nord-est se tenaient les princes, dans une belle plaine, située hors de la ville.

Là se trouvait une enceinte entourée d'édifices,

cice favori chez les Hindous de tendre un arc fait d'un bambou très-dur, et attaché avec une chaine de fer ou une corde garnie de plaques de fer, et cet exercice demande une force musculaire non commune.

[1] « La tête de Ciçoumara. » Le Ciçoumara est le marsouin du Gange (Delphinus Gangeticus) : mais il signifie un dauphin céleste, ou une réunion de constellations formant l'hémisphère septentrional des cieux. Ici l'expression est prise comme synonyme de nord-ouest.

garnie d'un mur, d'un fossé, de portes et d'arcades, décorée de tendelets aux mille couleurs, animée par mille instruments, parfumée d'aloès et d'eau de sandal, ornée de bandelettes et de guirlandes. Les magnifiques palais qui l'entourent découpent leurs lignes sur le ciel, comme les pics de Kailâsa [1].

On y voit des treillis d'or, des pierres précieuses, de riches pavillons, des degrés d'un facile accès, des siéges, des divans, de somptueux tapis : mille couleurs y éclatent; de là s'exhalent, à une grande distance, les parfums de l'aloès; cent portes y conduisent, les métaux brillent, comme sur les flancs de l'Himalaya.

Là, sur des siéges de formes variées, prirent place tous les princes, vêtus magnifiquement, et se regardant avec jalousie : là s'assirent les rois superbes, parfumés d'aloès, pleins de clémence et de piété, protecteurs de leurs peuples, chers au monde pour leurs actions d'éclat. A des places choisies se tinrent les habitants de la ville, avides de voir Draupadi. Enfin, accompagnés des Brahmanes, vin-

[1] Kailâsa, dans la mythologie de l'Inde, est une des branches du mont Mérou, la grande montagne du centre de la terre, qui court à l'est et à l'ouest, et est le séjour habituel des dieux. Dans la géographie moderne, ce nom est appliqué à de hautes montagnes qui traversent le Thibet, parallèles et faisant presque suite au mont Himalaya, et d'une élévation presque égale.

rent s'installer les fils de Pandou, considérant avec admiration la prospérité du royaume des Panchaliens.

Pendant plusieurs jours s'accrut l'assemblée, enrichie de dons précieux, animée par les Natas et les Narttakas : le seizième jour, elle était complète, lorsque descendit dans l'amphithéâtre Draupadi, le corps pur et couvert d'élégants vêtements, parée de tous ses atours, ornée d'une magnifique guirlande d'or. Le prêtre de la famille Somaka [1], pieux Brahmane, versé dans les écritures, répand le beurre consacré autour de l'autel, et fait une offrande au feu. Après qu'il l'a satisfait, et qu'il a appelé les bénédictions des dieux, il fit taire tous les instruments.

Le silence s'étant établi dans l'assemblée, Dhrichtadyoumna s'avance au milieu de l'arène, et d'une voix retentissante comme une nuée orageuse, il prononce ces claires et intelligibles paroles : « Ecoutez-moi, maîtres de la terre réunis ici, voici un arc et des flèches, voici le but : il faut le frapper, en lançant par l'ouverture de la machine (la bague) cinq flèches rapides et aiguës. Si celui qui aura accompli ce brillant exploit, joint la naissance à la beauté et à l'héroïsme, voilà ma sœur

[1] Somaka était l'aïeul de Droupada : son nom avait passé à la famille de ce roi.

Krichnâ prête à devenir son épouse. J'ai dit la vérité. » Ainsi parla aux rois le fils de Droupada : puis, s'adressant à sa sœur, il lui désigne les princes par leurs noms, leurs hauts faits, leur naissance.

Dhrichtadyoumna dit :

« C'est pour toi que sont venus Douryodhana et ses frères [1], accompagnées de Karna, tous princes magnanimes, les plus distingués des Kchattriyas, et avec eux Çakouni [2], Saubala, Vriçaka et Vrihadbala, fils du roi de Gandhara, Açwatthama et Bhodja [3], tous deux égaux, les plus vaillants des guerriers, revêtus pour toi de leurs plus beaux ornements; Paundraka le Vâsoudeva [4], Bhagadatta

[1] Ici se place l'énumération de vingt-trois des frères de Douryodhana, que nous omettons.

[2] Çakouni et les trois noms suivants désignent les fils du roi de Gandhara : ils sont conséquemment les frères de Gandhari, et les oncles des fils de Dhritarachtra. Çakouni était l'ami particulier et le conseiller de Douryodhana, et son avis fut la principale cause de la fatale discussion qui s'éleva entre les fils de Pandou et ceux de Kourou.

[3] Bhodja est sans doute le même que Mahabhodja, prince de la famille Yadava, qui régna ainsi que ses descendants à Mrittikavati, sur la rivière Parnasa, dans le Malwa. A une époque plus récente, c'était le nom d'un personnage célèbre dans la littérature des Hindous, qui régnait à Dhar, dans le Malwa, à la fin du xe siècle : c'est de lui, ainsi que du Bhodja du Mahabharata, que prétendent descendre les habitants de Bhodjpour, district important du Béhar septentrional.

[4] Paundraka, roi de Poundra, nom qui s'appliquait autrefois au Bengale propre, à une partie du Béhar méridional et aux Jungles

le fort [1], Kalinga [2], et Tamalipta [3] et le roi de Pattana [4]. C'est pour toi, ô bonne, que sont venus de cent pays ces princes, et beaucoup d'autres Kchattriyas, illustres sur la terre; c'est pour toi qu'ils chercheront à percer le but. Celui qui le traversera, choisis-le, ô belle, en ce jour.

III

Vaiçampâyana dit :

Alors tous ces rois, jeunes, beaux, ornés de magnifiques pendants d'oreille, se portant mutuellement envie, et se croyant très-habiles dans l'usage des armes, se levèrent, tenant leurs armes hautes.

Méhals. Paundraka est remarquable dans la tradition des Hindous comme s'étant posé en demi-dieu, en rivalité avec Krichna : il se nommait lui-même, comme le porte le texte, Vâsoudeva, c'est-à-dire le véritable fils de Vasoudeva, dont Krichna est toujours représenté comme réellement le fils. Krichna défit et tua son rival.

[1] Bhagadatta était roi de Kamaroup, ou Assam : il prit parti pour les fils de Kourou, et fut tué dans la guerre qui suivit.

[2] Kalinga, nom d'une contrée, mis ici pour le roi. C'était une portion de la côte de Coromandel au nord de Dravira ou Madras, qui a été toujours et est encore appelée Kling.

[3] Tamalipta ou Tamralipta, pris aussi pour le nom du roi, est la contrée à l'ouest de Bhagiratti.

[4] Pattana désigne une ville. Ce nom était appliqué à la capitale des princes de Gouzerat, mais à une date postérieure. A cette époque, Krichna était souverain de Gouzerat, et sa capitale était Dwârakâ. Actuellement, ce nom est donné à la principale cité commerçante du Béhar, ou Patna.

Ils sont tous remarquables par la forme, la vaillance, l'origine, la pratique des devoirs, les richesses et la jeunesse. Ils sont remplis d'orgueil, d'arrogance et de désirs, animés comme les éléphants qui habitent les montagnes neigeuses; enflammés d'amour, ils se lancent des regards pleins de jalousie; chacun d'eux se dit : « Krichnâ sera à moi. » Ils quittent leurs siéges royaux et s'avancent ensemble dans l'arène, désireux d'obtenir la fille de Droupada; ils brillent, comme les dieux rassemblés au sujet de Parvati, la fille du roi des montagnes. Kandarpa[1] les a frappés de ses flèches; leurs cœurs sont tournés vers Draupadi; l'amour rend ennemis même les amis.

Les dieux eux-mêmes vinrent en troupes[2], portés sur leurs chars, les Roundras, les Adytias, les Vasous[3] et les Aswinis, les Sadhyas, les Maroutas[4],

[1] Kandarpa est le Cupidon des Hindous.

[2] Devaganas. On compte plusieurs ganas ou troupes de divinités inférieures : quelques-unes sont souvent mises en scène, d'autres rarement. Les Roudras sont onze en nombre, et forment le cortége de Civa. Les Adityas sont douze soleils, c'est-à-dire, ils représentent le soleil comme présidant à chaque mois de l'année.

[3] Les Vasous sont huit divinités, suite habituelle d'Indra. Les Aswinis sont les fils jumeaux de Sourya, le soleil, et de son épouse Sandjna, métamorphosée en cavale : de là leur nom, de Aswâ, cavale. Ils sont représentés sous la forme de deux étoiles. Les Sadhyas sont les prières et rits des Védas personnifiés.

[4] Les Maroutas ou vents sont au nombre de quarante-neuf : ils accompagnent Indra, comme roi du firmament.

précédés de Yama et de Kouvera, les Daytias [1], Souparna [2], et les grands Ouragas [3], les Devarchis [4], les Gouhyakas et les Charanas [5], Vichwavasou [6], Narada [7] et Parvata [8], les Gandharvas avec les Apsarasas [9], Halayoudha [10] et Djanârddana [11], les

[1] Les Daytias sont les enfants de Kasyapa et de Diti, fille de Dakcha. Ils représentent les géants ou les Titans.

[2] Souparna, appelé plus souvent Garouda, était fils de Kasyapa et de Vinata. C'est le roi des oiseaux, et l'ennemi infatigable des serpents.

[3] Les Ouragas sont les Nâgas qui habitent Pâtala, ou les régions inférieures.

[4] Les Devarchis ou Deva richis sont des sages d'origine divine, menant une vie de pénitence et de dévotion principalement sur la terre.

[5] Les Gouhyakas et les Charanas sont des divinités inférieures, attachées à Kouvera, dieu de la richesse.

[6] Vichwavasou est un des principaux Gandharvas, chanteurs et musiciens de la cour d'Indra.

[7] Narada est un divin sage, fils de Brahma, selon quelques traditions. Il est toujours représenté portant un vina ou luth ; et une légende affirme qu'il fut, dans une de ses existences, le chef des musiciens célestes. Considéré comme personnage réel, il peut avoir été un des premiers maîtres de la science musicale.

[8] Parvata est un divin richi, appelé fils de Kasyapa. Il est peu connu et ordinairement cité avec Narada.

[9] Les Apsarasas sont les nymphes du ciel d'Indra. A une époque, elles furent les filles de Kasyapa ; à une autre, elles naquirent, comme Vénus, de l'Océan, quand on le battit pour obtenir l'ambroisie. Quelques-unes de ces nymphes figurent dans la poésie et les drames des Hindous.

[10] Halayoudha, nom de Balarâma, frère aîné de Krichna, qui tient un brancard de charrue (hala) pour arme (ayoudha).

[11] Djanârddana, nom de Krichna qui reçoit l'adoration (arddana) des hommes (jana).

Vrichnis et les Andhakas [1], les illustres descendants de Yadou, soumis à l'empire de Krichna, contemplaient ce spectacle.

A la vue des cinq fils de Pandou, brûlant d'ardeur comme de grands éléphants, Krichna, le chef des Yadous, après les avoir contemplés, désigna à Râma [2] Youdichthira, Bhima, Ardjouna et les jumeaux. Râma les observa pendant quelque temps, et, plein de joie, reporta ses regards vers son frère. Mais les autres prétendants, fils et petits-fils de roi, les yeux, le cœur, les pensées tournés vers Draupadi, ouvraient en vain les yeux ; les dents serrées, les yeux rougis (par le dépit), ils ne purent reconnaître leurs rivaux. Ces héros aux bras forts, ainsi que les illustres jumeaux, en voyant Draupadi, furent tous frappés des flèches de Kandarpa.

Le ciel, rempli de Devarchis, de Gandharvas, de Souparnas, de Nâgas, d'Asouras [3] et de Siddhas [4]; exhalait des parfums divins, et répétait les sons des tympanons : entouré de toutes parts des chars de

[1] Vrichnis et Andhakas, deux branches de la famille Yadava, dont Krichna représente la plus importante, bien qu'elle ne soit pas la branche aînée. Les Yadavas, Jadavas, Jados ou Jats, sont une race très-répandue dans l'Inde.

[2] Râma désigne ici Balarâma.

[3] Asouras, les mêmes que les Daytias ou Titans, ennemis des Souras ou dieux.

[4] Siddhas. Ce sont les êtres célestes qui habitent les régions de l'atmosphère au delà du globe du soleil.

Dieux, il retentissait du bruit des luths, des tambourins et des flûtes.

Alors, ces troupes de rois firent successivement les plus grands efforts pour obtenir Draupadi. Karna, Douryodhana, Çalwa [1], Çalya, Draunayani [2], Kratha, Sounitha, Vakra [3], les rois de Kalinga, de Banga [4], de Pandya [5], de Paundra, de Videha [6], des Yavanas [7], et les autres fils et petits-fils de rois, aux bras forts, aux yeux pareils à la feuille du lotus, ornés du diadème, de pierres précieuses, de guirlandes, d'anneaux, de bracelets, viennent tour à tour

[1] Çalwa, nom d'un roi et d'une contrée située dans l'ouest de l'Inde. Çalya est roi des Madras, peuple du Pendjab, dont la capitale était Sakala, la même sans doute que Sangala, détruite par Alexandre. C'est un des principaux chefs et combattants du parti de Douryodhana.

[2] Draunayani, le fils de Drona, nom patronymique d'Aswatthama.

[3] Kratha, Sounitha, Vakra, noms de princes peu connus.

[4] Banga : ce nom s'applique non pas au Bengale moderne, mais aux districts nord de Bhagirathi.

[5] Pandya est la partie du sud de la péninsule qui a Madoura pour capitale. C'était un état très-important plusieurs siècles avant et après l'ère chrétienne. Il était bien connu des Romains, sous le nom de royaume du roi Pandion, lequel envoya, dit-on, dans deux occasions, des ambassadeurs à Auguste. Il semble avoir décliné vers le VIIe ou VIIIe siècle.

[6] Videha est la province moderne de Tirhout.

[7] Le roi des Yavanas ou Grecs n'est pas un compétiteur au Svayambara de Draupadi aussi impossible qu'on pourrait le supposer : du moins, eu égard aux notions de l'auteur du Maharabhata, auquel les Grecs de la Bactriane et des provinces limitrophes de l'Indus étaient probablement connus.

en poussant des cris, montrer leur énergie et leur vigueur. Mais ils ne peuvent faire plier, même par la pensée, l'arc inflexible. Ils ont beau déployer toute leur force : l'arc solide se redresse et les repousse. En vain, ils s'appuient sur le sol. Malgré leur force, leur habileté, leur expérience, la vigueur leur fait défaut; leur diadème, leurs anneaux tombent; ils se voient, en soupirant, réduits à l'impuissance. Irritée de son échec, dépouillée de colliers, d'anneaux, de bracelets, déçue dans ses espérances, l'assemblée des rois est plongée dans la consternation.

Après avoir jeté un regard sur tous ces princes, Karna, le plus habile des archers, s'avance. Il saisit l'arc, le tend rapidement et y pose les flèches. Les fils de Pandou voyant le fils de Sourya, brillant comme le soleil et la lune, remplir les conditions faites par le roi, ne doutèrent plus qu'il ne frappât le but et ne le fît tomber à terre. Mais Draupadi le voit et elle s'écrie : « Non, je ne choisirai pas le soûta (cocher). » Alors Karna pousse un rire amer, et, ayant regardé le soleil, il rejette l'arc encore tout vibrant.

Les Kchattriyas se désistaient de tous côtés, lorsque le sage Çiçoupala[1], fils de Damaghoça, roi de Chédi,

[1] Çiçoupala, fils de Damaghoça, roi de Chédi, le moderne Chandail et Boglekand, avait pour mère Sroutaveda, sœur de Vasou-

héros robuste, semblable à Yama, plein de savoir, essaie de tendre l'arc : il tombe les deux genoux à terre. Après lui, le roi Djarasandha [1], vaillant héros, s'approche de l'arc, et se tient immobile comme une montagne. Mais repoussé pàr l'arc, il tombe les deux genoux à terre. Il se relève et part aussitôt pour retourner dans son royaume. Enfin, l'illustre Çalya, le valeureux roi de Madras, veut aussi tendre l'arc : il tombe les deux genoux à terre. Le trouble régnait dans toute l'assemblée ; les rois gardaient le silence. Alors le fils de Kounti, le héros Ardjouna, témoigna le désir d'essayer l'arc et les flèches.

IV.

Les rois avaient renoncé à la lutte, quand se leva du milieu des Brahmanes, Ardjouna, aux grandes pensées. Les principaux Brâhmanes poussèrent des cris, agitèrent leurs peaux d'antilope, en voyant se lever Partha, éclatant comme la bannière d'Indra. Les uns étaient effrayés, les autres joyeux :

veda, et était conséquemment cousin germain de Krichna, dont il était, néanmoins, l'implacable ennemi, et par lequel il finit par être tué.

[1] Djarasandha était roi de Radjgriha, dans le Béhar. Il était l'ennemi de Krichna, mais il fut à la fin tué par ce prince, aidé de Bhima et d'Ardjouna.

quelques-uns, pleins d'intelligence et de sagesse, se dirent entre eux : « Cet exploit, que les Kchattriyas les plus illustres, à commencer par Çalya, n'ont pu accomplir ; cet arc, que n'ont pu faire plier des guerriers robustes, versés dans la science de l'archer, comment, ô Brahmanes, pourra-t-il le tendre, ce jeune homme inexpérimenté, plus faible que le souffle de l'air, et qui n'est encore qu'un Brahmachâri ? Les Brahmanes seront pour tous les rois un objet de risée, si cette entreprise échoue, pour n'avoir pas été, par inconsistance, suffisamment examinée. Si c'est par orgueil, par ambition, ou par légèreté[1] qu'il la tente, arrêtez-le ! qu'il n'entre pas en lice. »

Les Brahmanes dirent :

« Non, les Brahmanes ne seront pas un objet de risée et de mépris; non, ils n'encourront point la haine des rois sur la terre. » D'autres dirent : « Ce jeune homme est beau ; il ressemble à la trompe du roi des éléphants. Voyez ses épaules, ses jambes, ses bras; quelle vigueur ! Il est ferme comme une montagne; il a la démarche souple du lion, et est fort comme un éléphant en fureur. Un tel exploit lui convient : le tenter, c'est réussir. Sa force est capable d'un grand effort : s'il se sentait faible, il ne s'avancerait pas ! D'ailleurs, est-il dans les trois

[1] C'est-à-dire en se fiant à la force brahmanique.

mondes, parmi les mortels, une chose impossible aux Brahmanes? Adonnés aux jeûnes, se nourrissant d'air, mangeant des fruits, fermes dans leurs vœux, les Brahmanes, quoique faibles, sont rendus plus forts par leur propre esprit. Jamais un Brahmane n'est méprisable, qu'il fasse le bien ou le mal [1], une chose agréable ou pénible, grande ou petite. Les Kchattriyas ont été soumis dans un combat par Râma, fils de Djamadagni [2]. Agastya [3] a bu la mer profonde, grâce à la vertu brahmanique. Disons donc tous : « Que le Brahmachâri n'hésite point à tendre le grand arc. » Ainsi dirent les meilleurs des Brahmanes.

Pendant ces divers discours, Ardjouna s'approche de l'arc et s'arrête, immobile comme une montagne. Puis, l'ayant à sa droite, il en fait le tour et s'incline avec respect. Il salue de la tête le bienfaisant Indra [4], Siva, le protecteur de l'homme déses-

[1] Car on ignore les motifs de sa conduite.

[2] Parasourâma, fils de Djamadagni; quoique Brahmane, il extermina les Kchattriyas.

[3] Agastya est un célèbre personnage légendaire. Il passait pour avoir renversé le mont Vindhya et bu l'océan. Les traditions de l'Inde méridionale lui attribuent la plus grande part dans la formation de la langue et de la littérature Tamoules : et le sens général des légendes qui le concernent, le désigne comme le principal instrument de l'introduction dans la Péninsule de la religion et de la civilisation des Hindous.

[4] Le texte porte Dêva, pris pour Indra, dieu du firmament et père d'Ardjouna.

péré, il invoque Krichna, dans sa pensée, et saisit l'arc. Ce que n'ont pu faire, même après de grands efforts, les princes Kratha, Sounitha, Vakra, Radheya, Douryodhana, Çalya, Çalwa, ces habiles archers, lions des hommes, Ardjouna le fait; Ardjouna, le plus fier des héros, fort comme un des fils d'Indra, tend l'arc en un instant. Il prend cinq flèches, les lance, frappe le but : le but traversé tombe bientôt à terre. Aussitôt un grand bruit retentit dans le ciel, un frémissement circule au milieu de l'assemblée : Indra jette des fleurs divines sur la tête de Partha, destructeur des ennemis. Les Brahmanes, par milliers, agitent leurs peaux d'antilope : les adversaires désappointés font entendre des lamentations. Alors une pluie de fleurs tombe du ciel, les instruments de musique retentissent. Les Soutas et les Magadhas, d'une voix harmonieuse, célèbrent Ardjouna. A la vue de cet exploit, Droupada, le vainqueur des ennemis, est transporté : lui et ses chefs désirent l'appui de Partha. Au milieu de ce bruit, toujours croissant, Youdhichthira, le plus vertueux des hommes, se retire dans sa retraite avec les héros jumeaux. A la vue du but traversé, Draupadi contemple Partha, semblable à Indra. Vêtue de blanc, ornée de guirlandes et d'anneaux, elle s'avance en souriant vers le fils de Kounti. Celui-ci la prend par la main, et au milieu des témoignages de respect des Brahmanes, il sort du cirque, après ce merveilleux exploit, accompagné de son épouse.

V.

Vaiçampâyana dit :

L'empressement que met Droupada à donner sa fille à un Brahmane excite la colère des rois. Ils se regardent entre eux et se disent : « Il nous méprise tous, il nous dédaigne comme un fétu : il » se plaît à livrer à un Brahmane Draupadi, la plus » belle des femmes. Quand l'arbre est déraciné, à » la saison des fruits il tombe [1]. Tuons ce méchant » qui ne nous regarde pas : il ne mérite point par » ses vertus les égards de gens de bien, ni le res» pect dû à l'âge. Tuons avec son fils [2] ce pervers, » qui hait les rois. Il nous a convoqués et bien ac» cueillis, il nous a servi des mets choisis, et » après il ne nous regarde plus. Comment, dans » cette réunion de rois, semblable à une assemblée » de dieux, n'en a-t-il pas trouvé un égal à lui? » Dans le choix d'une épouse, la prééminence n'ap» partient pas aux Brahmanes. « Le svayambara

[1] Passage obscur dont le sens paraît être : le fruit est mûr ; le temps de la vengeance est arrivé.

[2] Drichtadyoumna.

» s'ouvre pour les Kchattriyas : » Voilà ce qui a été » hautement proclamé. Et si cette vierge ne choisit » pas un de nous, précipitons-la dans les flammes, » et regagnons nos états, ô princes. Si c'est par lé- » gèreté ou par ambition que le Brahmane nous » a fait cette injure, tout puissants que nous som- » mes, nous ne pouvons le tuer. Car, au service » des Brahmanes est notre royauté, notre vie, nos » richesses, nos fils et nos petit-fils, en un mot, » tous nos biens. Mais, par crainte de nous voir » méprisés, par sentiment de notre devoir, ne » souffrons point qu'un tel résultat se repro- » duise dans d'autres svayambaras. »

Ainsi parlent les tigres des rois, armés de massues, et désireux de tuer Droupada, ils s'élancent en armes. Le roi les voit saisir leurs arcs, et, irrités, accourir en foule. Dans son effroi, il s'enfuit, pour éviter ses ennemis, pareils à des éléphants furieux, vers les Brahmanes, les deux fils de Pandou, les valeureux destructeurs des ennemis. Aussitôt les rois s'avancent ensemble, les armes hautes, les mains protégées, brûlant de tuer les fils de Kourou, Ardjouna et Bhima. Alors Bhima, l'auteur d'actions merveilleuses et terribles, fort comme la foudre, saisit à lui seul un arbre dans ses bras, le dépouille de ses feuilles, comme le ferait un grand éléphant. Le vainqueur des ennemis prend cet arbre et le porte à la main, comme Yama fait son sceptre redoutable : il s'arrête près de Partha, aux bras forts, le meilleur des hommes : celui-ci voit l exploit surhumain et incroyable de Bhima, il reste stupéfait, et, exempt de toute crainte, il saisit son arc, à l'instar du grand Indra.

A la vue des actions merveilleusesd'Ardjouna et de Bhima, Damodara [1], à la force terrible, adresse ces mots à son frère Halâyoudha [2] : « Ce fier lion, » à la démarche superbe, qui tient un grand arc » avec la paume de la main, il n'en faut pas douter, » c'est Ardjouna, ô Baladeva, aussi bien que je suis » le fils de Vasoudeva. Celui qui a brisé un arbre » avec force, et qui s'apprête à résister aux rois, » c'est Vrikodara : aucun autre sur la terre n'est » capable d'un pareil exploit. Cet autre, en avant, » à la couleur d'or pâle, à l'air modeste, qui a les » yeux pareils à la feuille du lotus et la noble dé- » marche d'un grand lion, dont le beau nez forme » une courbe gracieuse, celui-là, ô héros, est le » fils de Dharma. Ces deux jeunes gens, semblables » à deux Kâtikêyas [3], sont les Açwinis. Telle est » mon opinion ; car j'ai appris que les fils de Pan-

[1] Damodara est un nom de Krichna.

[2] Halâyoudha, surnom de Balarâma, demi-dieu, père de Krichna et le troisième des Râmas.

[3] Kârtikêya, dieu de la guerre, fils de Siva.

» dou ont échappé avec Prithâ à l'incendie de la » cabane de laque [1]. »

Halâyondha, au beau teint, répond avec joie à son jeune frère : « Je suis heureux de voir Prithâ, » la sœur de mon père [2], en sûreté avec les il» lustres fils de Kourou. »

VI

Vaiçampâyana dit :

Cependant les meilleurs des Brahmanes, agitant leurs vases et leurs peaux d'antilope, dirent : « Il » n'y a rien à craindre ; nous combattrons les en» nemis. » A ces paroles, Ardjouna, réprimant un sourire, répond : « Soyez spectateurs ; tenez» vous à l'écart ; moi, à l'aide de mes flèches acé» rées, je contiendrai ces furieux, comme on arrête » les serpents par des charmes magiques. » Il dit, tend son arc, couvert d'ornements blancs (d'ivoire), et se place auprès de son frère, immobile comme une montagne. Ils voient les Kchattriyas, fiers au combat sous la conduite de Karna, et intrépides,

[1] Les Pandavas habitaient avec leur mère une chaumière de laque, à laquelle les agents de Douryodhana mirent secrètement le feu. Les Pandavas, instruits à l'avance de ce dessein par Vidoura, s'échappèrent sans être vus. On croyait généralement qu'ils avaient péri dans les flammes.

[2] Prithâ ou Kounti, femme de Pandou et sœur de Vasoudéva.

ils s'élancent, comme deux éléphants contre une troupe d'éléphants. Les rois les accueillent avec des paroles injurieuses. « Oui, on a vu dans la mêlée périr des Brahmanes, avides de combattre. »

Ils disent, et attaquent aussitôt les Brahmanes. Le brillant Karna marche contre Ardjouna, enflammé d'ardeur, comme un éléphant qui dispute une femelle à son rival. Çalya, le vaillant roi des Madras, s'avance contre Bhimasêṇa : la lutte entre Douryodhama et les autres Brahmanes est moins vive : leurs efforts sont plus modérés.

Ardjouna tend son arc redoutable, et frappe de ses flèches aiguës le beau Karna, le fils du soleil. Karna, troublé par cette volée de flèches à l'éclat brillant, se précipite avec impétuosité sur son ennemi. Les deux adversaires, héros incomparables, combattent avec acharnement; tous deux, avides de la victoire, s'excitent l'un l'autre. « Coup pour coup : Vois, vois la vigueur de mon bras. » Ainsi ils se renvoient d'énergiques paroles. Karna, le fils du soleil, reconnaît la force incomparable du bras d'Ardjouna; furieux, il redouble d'efforts, il lui renvoie les flèches qu'il a reçues. Enfin, il dit à haute voix devant ses soldats, en regardant son rival avec respect.

Karna dit :

« J'admire, ô illustre Brahmane, ta force, ta persé-

» vérance dans le combat, la supériorité dans l'em» ploi des armes. Eh quoi ! es-tu le Dhanourvéda[1], » ou Râma ; es-tu Indra, ou l'impérissable Vich» nou ? Es-tu un dieu qui, pour te cacher toi» même, t'es réfugié sous cette force de héros ? C'est, » je pense, pour me combattre que tu as pris cette » forme de Brahmane. Car personne ne peut me » résister dans le combat, si ce n'est l'époux de » Satchi (Indra) ou Ardjouna, le fils de Pandou. » Phalgouna lui répond : « Je ne suis, ô Karna, ni le » Dhanourvéda, ni le glorieux Râma ; je suis un » Brahmane, de tous les guerriers le plus habile, » voué aux armes d'Indra et de Brahma, par les » leçons du Gourou[2]. Pour moi, je suis décidé » à vaincre aujourd'hui ! Toi, héros, tiens-toi » ferme. »

VII.

Vaiçampâyana dit :

A ces paroles, Karna se retire du combat. Il reconnaît, le grand guerrier, que la force brahmanique est invincible.

D'un autre côté, les robustes héros Çalya et Vri-

[1] Le Dhanourvéda, le Véda, la science sacrée de l'arc personnifiée.

[2] Le Gourou ou précepteur des princes.

kodara sont aux prises. Ils se provoquent, en poussant des cris, comme des éléphants furieux : ils se frappent des poings, des genoux, de face, de côté; ils s'attirent, se repoussent. Un son guttural sort terrible de leur poitrine. Les coups pleuvent comme une pluie de pierres. Pendant quelque temps ils s'étaient ainsi traînés l'un l'autre, quand Bhima, soulevant Çalya dans ses bras, le précipite à terre, à la grande joie des Brahmanes. Alors l'héroïque Bhimasêna fait une chose admirable (pour lui): vainqueur, il ne tue point son valeureux ennemi, étendu à ses pieds.

La défaite de Çalya par Bhimasêna, le trouble de Karna, jettent l'inquiétude parmi les rois. Tous ensemble, ils entourent Vrikôdara, en s'écriant : « Bravo ! ô les plus distingués des Brahmanes ! Mais » il est temps de savoir où vous êtes nés, où vous » habitez. Qui peut triompher dans le combat de » Karna, fils de Râdha, si ce n'est Râma, Drona, » Ardjouna, le fils de Pandou, Krichna, le fils de » Dêvaki, Kripa ou Çaradrata ? Qui peut vaincre » Douryodhana ? Qui peut vaincre Çalya, le roi des » Madras, le plus fort des braves, si ce n'est » Baladéva ou Vrikodara, le fils de Pandou, ou le » héros Douryodhana ? Faisons trêve à un combat, » où sont engagés des Brahmanes ? Car on doit » toujours respecter les Brahmanes, même s'ils

» nous font du mal. Aussi, par considération pour » eux, tournerons-nous volontiers nos armes con- » tre d'autres ennemis. »

Vaiçampâyana dit :

A la vue de cet exploit de Bhima, Krichna, assuré de la présenc des fils de Kounti, contient les rois et les calme, en disant : « La conquête de Draupadi est légitime. » Ainsi arrêtés, les habiles guerriers se retirent dans leurs demeures, pleins d'étonnement et répétant : « Voilà une lice où les » Brahmanes ont l'avantage? Les Brahmanes ont » conquis Draupadi! »

Entourés des Brahmanes ornés de peaux d'antilope, Bhimasêna et Ardjouna sortirent, non sans peine, d'un lieu rempli de leurs ennemis. Accompagnés de Draupadi, les deux héros brillaient comme la lune et le soleil, se levant dans un ciel sans nuages. Comme ils n'arrivaient point à l'heure où ils devaient rapporter l'aumône, leur mère Kounti les croyait morts. « N'ont-ils pas été décou- » verts par les Dartlarachtras ou par les Rakchas, » ces terribles et infatigables ennemis, munis d'ar- » mes magiques? Le conseil du magnanime Vyasa » tourne mal [1]. » Telles sont les pensées de Prithâ, agitée par l'amour maternel.

[1] Sens obscur : ou « Vyasa était d'un avis contraire. » Sans doute ce mot fait allusion à la rencontre des Pandavas et de Vyasa au commencement de ce récit.

Tel qu'à la fin du jour obscurci par de sombres nuées, au moment où tous les êtres sont plongés dans le sommeil, on verrait le soleil sortir du milieu des nuages; tel Ardjouna, entouré des Brahmanes, entra dans la maison de Bhargava [1].

[1] Nom du potier où habitaient les Pandavas.

ENLÈVEMENT DE DRAUPADI.

I.

Vaiçampâyana dit :

Dans la forêt Kâmyaka [1], séjour des bêtes fauves, les cinq héros, les plus illustres des descendants de Bharata, jouissaient d'un bonheur pareil à celui des immortels : ils parcouraient en tous sens l'immense forêt, et selon le temps et la saison, ils la voyaient ornée d'arbres couverts de leurs fleurs. Adonnés à la chasse, les fils de Pandou, semblables à Indra, goûtèrent quelque temps une félicité parfaite, ô vainqueur des ennemis ! Un jour ils allè-

[1] Kâmiaka est le nom de la forêt dans laquelle les Pandavas passèrent le temps de leur exil. On la représente comme située sur les bords de la rivière Sarasvati : mais elle devait s'étendre plus à l'ouest, environ au confluent du Sutledje et de l'Indus.

tous dans les diverses parties de la forêt chasser pour les Brahmanes, et laissèrent Draupadi dans l'ermitage, avec l'assentiment de Trinavindou [1] et de Dhaumya [2], le prêtre de la famille, grand Richi à la fervente piété.

Dans le même temps le roi des Syndhiens [3], l'illustre descendant de Vriddchatra [4], désireux de trouver une épouse, se rendait chez les Çalweyas [5], entouré d'une pompe royale. Il arriva avec son escorte de rois dans la forêt Kâmyaka. Là, il aperçut la glorieuse épouse des Pandavas, Draupadi, debout sur le seuil de l'ermitage, au milieu du bois solitaire, resplendissante de grâce et beauté, illuminant les profondeurs du bois, comme l'éclair illumine un nuage sombre. « C'est une vierge divine, une

[1] Trinavindou était originairement un roi, mais il devint un richi. Il était au nombre des Brahmanes et des ascètes qui avaient suivi les Pandavas dans leur exil.

[2] Dhaumya est appelé le jeune frère de Devala, qui était aussi un célèbre saint, mais dont la famille est diversement présentée. Dhaumya était devenu le pourohita ou le prêtre de la famille des Pandavas, à leur sollicitation. Il y a un autre grand sage de ce nom, qui avait des dents de fer ; mais c'était un personnage différent.

[3] Les Syndhiens, peuples habitant les bords du Sindhou, ou Indus, du Pendjab jusqu'à la mer.

[4] Vriddachatra, roi dont le nom ne se trouve point sur les listes généalogiques.

[5] Les Çalweyas, les mêmes que les Çalwas qui semblent placés dans la partie orientale de Radjpoutana vers Guzerat.

Apsara, ou une Mâyâ créée par les dieux[1] ». Ils disent, et s'inclinant, considèrent la vertueuse Draupadi.

Alors Djayadratha, le roi des Syndhiens, au cœur corrompu, contemple la belle inconnue. Fasciné par la passion, il parle en ces termes au roi Kôtikâsya[2] : « A qui appartient cette femme si belle, à » moins qu'elle ne soit pas une mortelle ? Jamais » dans ma pensée, je n'ai rêvé une telle épouse. Je » veux l'enlever et retourner dans mon palais. Va, » ô ami, sache à qui elle est, d'où elle est, pourquoi » elle s'est retirée dans cette forêt épaisse. Si cette » femme, remarquable par la beauté de ses yeux, » de ses dents et de sa taille, veut m'accepter pour » époux, mon vœu est satisfait. Va, Kôtika, et » sache quel est son seigneur. » A ces mots, Kôtikâsya, orné de riches pendants d'oreilles, s'élance de son char et s'approchant de Draupadi, comme le chacal d'une tigresse, il lui adresse ces paroles :

Kôtikâsya dit :

« Qui es-tu, toi, qui, faisant plier une branche de » l'arbre Kadamba[3], te tiens solitaire dans l'ermi-

[1] Mâyâ est une forme fantastique, d'origine céleste, représentant une femme et faite pour tromper les mortels ; mais Mâyâ Dêvi, ou Mahâmayâ s'applique ordinairement à une forme de Dourga, comme une personnification de la non réalité des choses terrestres, qui abusent nos sens.

[2] Kôtikâsya, fils de Çouratha, roi de la tribu Çaiva, et ami de Djayadratha.

[3] L'arbre Kadamba (nauchlea). Cette branche paraît avoir été un

» tage? Tu resplendis comme la flamme agitée pendant la nuit par le vent. Comment, douée d'une si grande beauté, n'éprouves-tu point de crainte dans ces forêts? Es-tu une déesse, une Yakchî [1] une Apsara, une fille de Danou ou de Diti [2] ? Es-tu la brillante fille du roi des serpents, l'esprit des bois et de la nuit [3] ? Peut-être tu es l'épouse de Varouna [4], de Yama [5], de Soma [6] de Dhaneswara [7], de Dhatri [8], de Vidhatri [9], de Savi-

signal pour repousser les malfaiteurs; car Draupadi la rejette, quand elle entame une conversation amicale avec Kôtikâsya.

[1] Les Yakchas sont des demi-dieux, formant le cortége de Kouvera, dieu de la richesse.

[2] Les Danavas et les Daityas sont des Titans, ennemis héréditaires des dieux. Les premiers sont les fils de Danou, les seconds de Diti, toutes les deux épouses de Kasyapa.

[3] Une Vanêchari, ou esprit des bois, est la dryade protectrice d'une forêt. Le Kchanadâchara, ou esprit de la nuit, est l'esprit du mal.

[4] Varouna est le dieu des eaux. Son épouse est Varouni, déesse du vin.

[5] Yama est le fils du soleil, et souverain des régions infernales. Il réunit en lui les attributs de Pluton et de Rhadamanthe; car il est le juge des morts, et les âmes des bons et des méchants paraissent devant son tribunal. Il envoie les premiers dans Swarga ou l'Élysée; les seconds dans Naraka ou le Tartare. Il épousa sa sœur Yamouna, personnification de la rivière Djomnah.

[6] Soma est la lune; son épouse favorite était la constellation Rohini.

[7] Dhaneswara est le dieu de la richesse, ou Kouvera. Sa femme n'a pas une célébrité particulière, mais elle est quelquefois son pouvoir, Sakti, personnifié et nommé, d'après son nom, Kauveri.

[8] Dhatri est un nom de Brahma, dont l'épouse Saraswati est la déesse de la littérature et des arts.

[9] Vidhatri désigne ordinairement aussi Brahma; mais ici il

» tri, de Vibhou[1] ou d'Indra, puisque tu ne de- » mandes pas qui nous sommes. Pour nous, nous » ne savons qui te protége. Aussi, pleins de respect » pour toi, te demandons-nous, ô bonne, ta nais- » sance, le nom de ton seigneur. Dis-nous avec » sincérité les parents, ton époux, ta famille, ce » que tu fais ici. Moi, je suis fils du roi Çourata; on » me nomme Kôtikâsya. Celui qui debout sur son » char d'or, pareil au feu offert sur l'autel, et dont » les yeux ressemblent à la feuille du lotus, c'est le fils » du roi de Trigartta[2], on l'appelle Kchêmankara. Le » plus rapproché de lui, est le fils du roi Koulinda[3]; » il habite les montagnes. Plein de joie, il te consi- » dère de ses larges yeux. Cet autre jeune prince, » au teint noir, qui se tient près de lui, c'est » Ikchwakou[4], fils du roi de Çoubala, destructeur

s'applique à Siva ou à Kacyapa, dont l'un a pour épouse Parvati, et l'autre, Aditi.

[1] Savitri est le soleil qui a pour épouse Savarna. Vibhou est ici employé pour Vichnou, dont l'épouse est Lakchmi, la déesse de la beauté et du bonheur.

[2] Trigartta, la contrée aux trois forteresses, a été reconnue récemment pour l'état moderne de Kotoch, appelé encore par le peuple Traigartt-ka-Mulk. Le nom du roi ne se trouve pas dans les listes généalogiques.

[3] Koulindas. Ils sont comptés ailleurs parmi les peuples du nord-ouest, et paraissent être des montagnards, d'après le texte. Ils étaient probablement voisins des Traigarttas.

[4] Ikchwakou était le fils de Manou Vaivaswata, le fils du soleil, et est regardé comme le fondateur de la dynastie solaire. Les

» des ennemis. Après lui s'avancent avec leurs » étendards douze princes des Sauviras[1], montés sur » leurs chars attelés de chevaux bais, et pareils » à la flamme du sacrifice. Celui que six mille guer- » riers, éléphants, cavaliers, fantassins, accompa- » gnent, c'est Djayadratha, si ce nom est connu de » toi, ô belle! c'est le roi des Sauviras. Autour de » lui marchent ses frères, aux grandes pensées, Va- » lahaka, Anîkavidâratta et les autres, l'élite de la » jeunesse chez les Sauviras. C'est avec un tel cortége » que s'avance le roi, pareil à Indra, entouré des » troupes des Maroutas. Dis-nous, ô femme à la belle » chevelure, quel est ton frère, quel est ton époux? »

Vaiçampâyana dit :

Dès que le chef des Civis[2] eut parlé, Draupadi le

grandes familles de l'Inde ancienne se distinguaient en Sourya-Vanças et Soma-Vanças, selon qu'elles faisaient dériver leur race du soleil et de la lune. Cette prétention existe encore de nos jours.

[1] Le nom de Sauviras, bien qu'appliqué à une famille particulière, désigne, comme on le voit plus loin, une tribu ou un peuple, le même que les Syndhiens, ou étroitement uni avec eux ; car Djayadratha est appelé indifféremment roi des Syndhiens, et roi des Sauviras. Soit qu'ils aient été les mêmes que les habitants des bords de l'Indus, ou une tribu alliée, ils doivent avoir occupé le même territoire, la partie occidentale et méridionale du Pendjab.

[2] Ce titre nous apprend que Kôtikâsya, ou plutôt son père Çouratha, était roi d'une tribu, dont il est fait mention par les historiens de la conquête de l'Inde par Alexandre. On prétendait que ce peuple était la postérité du roi Civi : mais son nom et ses usages font plus probablement allusion au culte particulier qu'il rendait à Siva.

considère longtemps ; puis, abandonnant le rameau de Kadamba, et ramenant à elle son vêtement de soie, elle lui dit : « O fils de roi, plus je pense, plus » je m'assure qu'une femme telle que moi, ne doit » point te parler. Or, il n'y a ici personne, ni homme » ni femme, pour te répondre ; car je suis seule » maintenant. Cependant, je consens à le faire. » Ecoute-moi donc. Car autrement, comment, seule » dans la forêt, oserais-je te parler, attachée, comme » je le suis, à mon devoir. Je le sais (par toi), tu es » le fils de Çouratha. On te nomme Kôdikâsya. » Aussi, ô prince des Civis, je te dirai mes pro- » ches et mon illustre famille. Je suis la fille du roi » Droupada : mon nom est Krichnâ, j'ai choisi pour » époux cinq héros [1] qui sont allés dans la forêt

[1] L'union de Draupadi avec les cinq fils de Pandou est rapportée dans un conte à la fin du Svayambara. Quand les Pandavas retournèrent dans leur demeure, ils emmenèrent avec eux Draupadi, quoique le mariage ne fût pas encore accompli. A leur entrée, ils crièrent à leur mère : « Nous apportons l'aumône bikchchâ. » Sans les regarder, Kounti répliqua : « Partagez-la entre vous. » Et quoiqu'elle fût saisie d'horreur en reconnaissant sa méprise, il fut convenu entre elle et ses fils, que sa parole serait maintenue, et que Draupadi serait la femme des cinq frères. Droupada, à cette nouvelle, protesta ; et Youdhichthira lui fit cette remarquable réponse : « Nous n'avons pas la prétention de décider ce qui est convenable ; nous suivons la voie tracée par ceux qui nous ont précédés. » Droupada, ne se tenant point pour satisfait, on lui envoie Vyasa, qui raconte au roi une légende et lui apprend que les cinq Pandavas étaient antérieurement cinq Indras, qui habitaient une caverne dans les flancs de l'Himalaya, et dont l'é-

» consacrée à Indra; tu les connais, Youdhichthira, » Bhimasêna, Ardjouna et les deux fils de Madri, » les meilleurs des hommes. Ils m'ont ordonné de » rester ici, et se sont partagé pour la chasse les » quatre parties de la forêt. Le Râdja chasse à » l'orient, Bhima au midi, Ardjouna à l'occident, » et les jumeaux au nord : je pense que le moment » de leur retour n'est pas éloigné. Bien reçus par eux, » vous vous retirerez selon votre désir. Déliez vos » chevaux et mettez pied à terre. Le magnanime » fils de Dharma, ami de ses hôtes, sera heureux de » vous voir. » Ainsi dit Draupadi, au visage brillant comme la lune, et elle rentra dans l'ermitage pour remplir les devoirs de l'hospitalité.

II.

Vaiçampâyana dit :

Tous les rois s'étaient arrêtés : lorsque Kôdikâsya eut rapporté la réponse de Krichnâ, Djayadratha lui parla ainsi : « Les paroles que tu me dis remplissent mon cœur d'ivresse. Comment renoncerais-je à la plus belle des femmes? Depuis que je l'ai vue, toutes les autres me paraissent semblables

pouse Lakchmi, ou fortune royale, est maintenant revenue au jour sous la forme de Draupadi.

aux femelles des singes. Je te parle sincèrement. Mon cœur est violemment attiré vers elle. Dis-moi donc, ô Çaivya, si c'est une mortelle. »

Kôdika dit :

« Oui, c'est la glorieuse Krichnâ, la fille du roi Droupada, la vertueuse épouse des cinq fils de Pandou et également chérie de ces princes. Va donc la trouver, ô roi des Sauviras. »

Vaiçampâyana dit :

A ces mots, le roi des Sauviras et des Syndhiens, Djayadratha, au cœur pervers, répond : « J'irai trouver Draupadi. »

Il entre, lui septième, dans le chaste ermitage, comme le loup dans la demeure d'un lion, et adresse ces paroles à Krichnâ. « Bonheur à toi, ô » femme belle ! sans doute, les seigneurs dont la » vie t'est chère, sont en bonne santé ! » Krichnâ dit : « Bonheur aussi à toi, dans ta royauté, ton royaume, » ton trésor et ton armée ! N'est-ce pas toi qui gou- » vernes avec justice les opulents Civis, les Sauvi- » ras avec les Syndhiens. Il va bien le fils de » Kounti, le Râdja Youdhichthira, ainsi que moi, » ses frères et tous ceux sur lesquels tu m'inter- » roges. Reçois l'eau pour tes pieds, prends ce » siége, ô fils de roi. Je te donnerai pour ton repas » du matin cinq cents bêtes fauves [1], des cerfs,

[1] Comment Draupadi pouvait-elle leur fournir de si considérables

» des antilopes, des ours. Le fils de Kounti, Youdhichthira s'empressera de te les offrir. »

Djayadratha dit :

« Merci de ton offre pour mon repas du matin. » Viens, monte sur mon char. Sois heureuse : c'est » le seul moyen de l'être. Ce n'est pas à des princes misérables, dépouillés de leurs richesses et » de leur royaume, affaiblis d'esprit, réduits à vivre » dans les forêts, que tu dois plaire ! Non, une » femme, si elle est intelligente, ne prendra point un » mari pauvre ! elle choisira un époux digne d'elle » et n'habitera pas au milieu des débris de la fortune ! Les fils de Pandou sont pour toujours sans » royaume, sans richesses. Tu as assez ressenti la » misère sous leur domination. Sois mon épouse, » ô femme aux beaux reins, abandonne-les pour

provisions ? Le mystère s'explique, si l'on se reporte à un passage du commencement du Vana Parva. Quand les Pandavas se retirèrent dans la forêt, ils furent suivis par un grand nombre de Brahmanes qui s'attachèrent à leur parti. Youdhichthira s'efforça de les persuader de se retirer, alléguant l'impossibilité de les nourrir, et le péché dont leur mort le chargerait. Comme ils persistaient dans leur résolution, Dhaumya conseilla à Youdhichthira d'avoir recours au soleil comme source de toute vie ; en conséquence, le Râdja adora le soleil qui lui apparut, lui donna un bassin de cuivre, en disant que ce bassin serait rempli de fruits, de racines, de légumes et même de viande, tout accommodés, chaque fois qu'il y aurait besoin de nourriture, jusqu'à la fin de l'exil des Pandavas. Avec un garde-manger ainsi inépuisable, Draupadi pouvait nourrir tout le cortége de Djayadratha.

» trouver le bonheur. Règne avec moi sur les Syndhiens et les Sauviras. »

Vaiçampâyana dit :

A ce discours du roi des Syndhiens, fait pour agiter son cœur, Krichnâ se recule, le visage contracté, pleine de mépris pour ses paroles, pour lui-même. « Non ! tu devrais rougir, » s'écrie-t-elle. Son désir de voir revenir ses époux, sa vertu, sa réponse, ne font qu'enflammer encore la passion de Djayadratha.

III.

Vaiçampâyana dit :

Les yeux et le visage rougis par l'indignation, les sourcils contractés, les lèvres tremblantes, belle dans sa colère, Draupadi reprit en ces termes : « O insensé, comment ne rougis-tu pas en insultant ces héros glorieux, armés d'un venin puissant, semblables au grand Indra, pieux, fermes dans le devoir, quand ils seraient au milieu des Rackhas et des Yakchas. Non, les hommes pareils à des chiens ne peuvent rien dire de bon, soit qu'ils parlent à un pécheur, habitant la forêt, soit qu'ils s'adressent à un maître de maison, pieux et versé dans la doctrine sacrée. Pour moi, je suis sûre

» que dans cette troupe de Kchattriyas, il n'en est
» pas un qui pourra te retenir de la main, quand
» tu seras précipité dans les régions infernales.
» Attaquer Youdhichthira qui ressemble à un élé-
» phant immense, sauvage habitant des montagnes
» neigeuses, c'est vouloir avec son bâton conduire
» un troupeau d'éléphants. Frapper du pied Bhi-
» masêna, c'est tenter avec la démence d'un en-
» fant, d'arracher la moustache d'un puissant lion
» pendant son sommeil! Avec quelle rapidité tu
» fuiras, à la vue de Bhimasêna ! Frapper le redou-
» table Ardjouna, c'est aussi toucher un lion terri-
» ble, endormi dans l'antre de la montagne. Atta-
» quer les plus jeunes fils de Pandou, les héros des
» hommes, c'est presser du pied la queue de deux
» serpents noirs, à la tête aiguë, à la double lan-
» gue. Le bambou, le bananier et le roseau ne
» fleurissent qu'une fois et meurent; de même,
» malgré ces puissants défenseurs, tu m'enlèveras;
» mais, comme le crabe, il te faudra me lâcher et
» mourir! [1] »

Djayadratha dit :

« Oui, Krichnâ, je sais ce que sont ces fils des
» dieux et des hommes; mais ils ne sont point ca-
» pables de m'effrayer ni de me faire renoncer à

[1] C'est un préjugé populaire que la femelle du crabe meurt en donnant naissance à ses petits.

» toi. Nous aussi, Krichnâ, nous sommes issus
» d'illustres familles, réunissant les quatorze attri-
» buts de la royauté [1]. Ornés des six vertus roya-
» les [2], ô Draupadi, nous regardons comme vils les
» fils de Pandou. Hâte-toi de monter sur mon élé-
» phant ou sur mon char. Un seul mot ne peut me
» suffire. Tiens un langage suppliant, et tu retrou-
» veras la faveur du roi des Sauviras. »

Draupadi parle.

« Je suis forte, et le roi des Sauviras m'estime
» bien faible. Croit-il que sa violence me touche.
» Je ne tiendrai pas un discours suppliant au roi
» des Sauviras. La femme dont les deux Krichnas
» suivront la trace, montés sur un même char,
» Indra lui-même ne la ravirait pas! Comment un
» faible mortel pourrait-il le faire? Ardjouna, le
» destructeur des ennemis, debout sur son char,
» pour me défendre, dissipera ton armée comme

[1] Les quatorze attributs de la royauté se composent de huit Sandhanas, ou collection de biens, et neuf Saktis, ou pouvoirs administratifs. Les premiers sont les impôts sur le sol, le commerce, les douanes, les péages des défilés des montagnes, des ponts et des bacs, la chasse des éléphants, les mines; les déshérences ou la saisie des biens non réclamés, et en général toute perception pour le trésor royal. Les seconds sont : le pouvoir du roi, celui de ses ministres, et l'action de ce double pouvoir réuni; le triple objet qu'ils doivent poursuivre isolément, et la triple prospérité qui résulte de l'emploi heureux de l'autorité.

[2] Les six Gounas ou qualités d'un roi, sont : la valeur, l'énergie, la fermeté, la capacité, la libéralité, la majesté.

» dans la saison brûlante le feu consume les her-
» bes sèches. Krichna, avec les héros des Andhakas
» et des Vrishnis, et les habiles archers Kaikeyas [1],
» tous fils de roi, remarquables par leur beauté,
» se mettront à ma poursuite. Les flèches rapides
» qui, telles que la foudre, sont lancées par Gan-
» dhiva, l'arc d'Ardjouna, font entendre un bruit
» terrible : lorsque tu verras cette nuée de flèches,
» pareilles à un vol d'insectes, alors tu commen-
» ceras à te repentir. Quand Ardjouna, armé de Gan-
» diva, les doigts protégés, sonnant de la conque,
» fera pleuvoir sur toi ses flèches légères, que de-
» viendra ton audace ? Lorsque tu verras accourir
» Bhimasêna avec sa massue, et les deux fils de
» Madri, s'élançant tous vers toi et vomissant le
» brûlant venin de la colère, quels regrets n'auras-
» tu pas, ô misérable ? Comment manquerai-je,
» même en pensée, à des époux aussi glorieux ?
» Aussi te verrai-je (de sang froid) réduit et traîné
» par ces héros. Non, ô méchant, le trouble ne peut
» s'approcher de mon esprit, même si je suis em-
» menée loin de ces lieux. Bientôt, réunie aux il-
» lustres fils de Kourou, je reverrai la forêt Kâ-
» myaka. »

De ses beaux yeux, elle regarde son ravisseur, et ajoute en le menaçant : « Ne me touche pas ! » Dans

[1] Les Kaikéyas, cinq fils de Dhriçtakêtou, roi de Kaikéya.

son effroi, elle appelle Dhaumya le prêtre de la famille. Cependant Djayadratha la saisit par son vêtement : elle le repousse, et le méchant tombe à terre, comme un arbre coupé dans ses racines. Mais saisie aussitôt, la fille du roi monte en soupirant sur le char, au moment où elle se prosternait devant Dhaumya.

Dhaumya dit :

« Tu ne peux l'emmener tant que tu n'auras
» point vaincu les guerriers ses époux. O Djayadra-
» tha, tu n'observes pas l'antique devoir du Kchat-
» triya. Ta mauvaise action, sois-en sûr, produira
» de mauvais fruits, si tu rencontres les frères Pan-
» davas avec leur chef Youdhichthira.

Vaiçampayana dit :

Ainsi parle Dhaumya, et mêlé à la foule des fantassins, il suit la glorieuse fille du roi ainsi enlevée.

IV.

Vaiçampâyana dit :

Lorsque les princes, les plus habiles archers de la terre, eurent parcouru séparément les diverses parties de la forêt et tué des cerfs, des sangliers et des buffles, ils se réunirent. A ce moment (le soir), la vaste forêt, remplie d'animaux de toutes sortes, retentissait du chant des oiseaux. Entendant la voix des bêtes fauves, Youdhichthira dit à ses frères : « Les animaux se retirent au midi [1] : » Les cris de ces oiseaux sont d'un mauvais augure; ils annoncent un terrible danger, la forêt » envahie par des ennemis. Retournez vite : nous » avons assez chassé. Mon esprit est agité de soucis; » mes pensées s'assombrissent, et l'inquiétude déchire mon cœur. Tel un lac dont Garouda[2] a enlevé les serpents, tel un royaume privé de son roi, » déchu de sa splendeur, telle me semble la forêt » Kâmyaka. C'est un vase dont les éléphants ont » épuisé l'eau. » Aussitôt les Pandavas, les héros des hommes, transportés sur leurs grands chars, qu'entraînent des chevaux syndhiens rapides comme le vent, s'élancèrent vers l'ermitage. Pendant cette course, un chacal venant à leur gauche, fit entendre un hurlement prolongé. A ce bruit, le Râdja dit à Bhima et à Ardjouna : « Ainsi que l'annonce ce vil chacal, en s'approchant de nous, il » est sûr que les méchants fils de Kourou [3], dans » leur insolence, ont exécuté contre nous une attaque violente. » Comme ils avançaient dans l'immense forêt, théâtre de leurs chasses, ils rencontrèrent une jeune suivante de leur épouse chérie

[1] Vers le côté fatal, séjour de Yama, dieu des morts.
[2] Garouda, oiseau idéal, ennemi des serpents.
[3] Les fils de Dhritarachtra, leurs ennemis mortels.

tout en larmes. Indrasena [1] sautant rapidement du char, l'atteint, et lui dit tout troublé : « Pourquoi » pleures-tu ainsi et restes-tu étendue à terre ? Pour- » quoi ton visage est-il ainsi altéré et flétri ? N'est- » ce pas que des méchants perfides ont fait violence » à la belle Draupadi aux grands yeux, l'unique » objet de l'amour des Pandavas ? Quand même » elle serait sous terre ou au ciel ou dans l'Océan, » les princes suivront sa trace, tant Youdhichthira » ressent de douleur ! Quel est l'insensé qui oserait » ravir à de tels héros, vainqueurs des ennemis, » invincibles, infatigables dans les travaux, une » perle si précieuse, une épouse qui leur est plus » chère que la vie ? Il ignore quels protecteurs elle a, » elle, l'affection vivante des Pandavas ! Qui donc » s'expose à périr sous les coups de leurs flèches » acérées et terribles ? Ne t'afflige pas sur le sort de » Krichnâ, ô craintive jeune fille : sois-en certaine, » elle reviendra aujourd'hui. Les princes, après avoir » immolé tous les ennemis, ramèneront Draupadi. »

Alors la jeune fille, levant les yeux sur Indra sena, qui la console, lui dit :

« C'est Djayadratha qui, par une attaque vio- » lente, et dans son mépris pour les princes, sem- » blables à Indra, a enlevé Draupadi ; les traces » sont encore fraîches ; les branches rompues ne

[1] Indrasena est le cocher de Youdhichthira.

» sont pas même flétries. Courez rapidement; la
» fille du roi n'est pas loin. O grands héros, pré-
» parez vos belles armures, saisissez vos arcs ma-
» gnifiques et vos flèches; suivez rapidement sa
» trace. Déjà l'injure trouble son cœur, agite son
» esprit, flétrit son visage. Abandonne-t-on une
» femme si belle à un homme indigne, comme
» aux cendres une spatule chargée du beurre con-
» sacré? C'est comme si l'offrande était jetée dans
» un feu de paille, une guirlande laissée dans un
» cimetière, et le soma léché par un chien, pen-
» dant le sacrifice, à l'insu des Brahmanes [1]. Ainsi
» qu'un chacal pénètre dans une touffe de lotus, ainsi
» ce méchant est entré dans la vaste forêt. Ne
» souffrez pas qu'il touche ce visage éclatant comme
» la lune, et que parent un nez et des yeux si
» beaux, ainsi que le chien souille l'offrande sur
» l'autel. Hâtez-vous donc de suivre ses traces : ne
» laissez point passer le temps favorable. »

Youdhichthira dit :

« O bienheureuse, retiens tes paroles : ne parle
» pas sur ce ton en ma présence. Qu'ils soient rois
» ou fils de rois, enivrés de leur puissance, ils se-
» ront déçus dans leur espoir. »

Vaiçampâyana dit :

[1] Ces trois comparaisons semblent vouloir dire : Draupadi est déjà perdue pour vous, si vous ne vous hâtez.

A peine a-t-il parlé qu'ils s'élancent rapidement à la poursuite, faisant entendre un bruit pareil au sifflement des serpents, et pinçant les cordes de leurs grands arcs. Bientôt ils aperçurent la poussière soulevée par les pieds des chevaux et Dhaumya au milieu des fantassins criant : « Accours, ô Bhima. » Les princes le consolent en ces termes : « Va en paix ! » Et, semblables au milan qui fond sur sa proie, ils se précipitent sur la troupe ennemie. Les héros, pareils à Indra, indignés de l'injure faite à Draupadi, sentent redoubler leur colère, à la vue de Djayadratha et de leur épouse, debout sur son char. Au cri que poussent vers le roi des Syndhiens Vrikôdara, Ardjouna, les jumeaux et le Râdja au grand arc, le trouble se met dans les rangs des ennemis.

IV.

Vaiçampâyana dit :

Un bruit terrible retentit dans la forêt, lorsque les Kchattriyas aperçurent Bhimasêna et Ardjouna. Le roi Djayadratha, à la vue de leurs étendards, interpelle ainsi sur son char Draupadi, éclatante de beauté, au milieu de ses ravisseurs dont l'éclat est obscurci. « Cinq grands chars courent sur moi ! je

» crois, ô Krichnâ, que ce sont tes époux : désigne-
» moi chacun des cinq Pandavas, debout sur son
» char. »

Draupadi parle.

« Ne compte plus, ô insensé, sur tes guerriers, après
» l'action fatale, horrible que tu as commise. Oui, ces
» héros sont mes époux. Il ne vous reste plus de re-
» fuge ! Tu m'interroges, toi qui désires la mort : mon
» devoir est de te répondre. Non, je n'ai ni souci
» ni terreur, lorsque je vois Youdhichthira avec son
» jeune frère, dont l'étendard porte à son extré-
» mité deux tambourins, Nanda et Oupananda, aux
» doux et beaux sons. Ce héros, ferme dans le de-
» voir, est suivi de héros non moins habiles. Son
» visage a la couleur de l'or pâle ; il a les yeux lar-
» ges, le nez proéminent, la taille élancée : c'est le
» meilleur des fils de Kourou, Youdhichthira, fils
» de Dharma : il est mon époux ! Si un ennemi lui
» demande grâce, il lui accorde la vie, ce vertueux
» héros ! Insensé, hâte-toi de l'implorer : aban-
» donne tes armes pour te prosterner devant lui.
» Cet autre, aux longs bras, que tu vois debout
» sur son char, aussi grand que l'arbre çâla, les
» lèvres serrées, les sourcils contractés, c'est Vri-
» kodara, et il est mon époux ! Il est traîné par de
» robustes et généreux coursiers. Ses actions sont
» surhumaines ; son nom est connu dans toute la

» terre; jamais il ne fait grâce à un aggresseur, ja-
» mais il n'oublie une ancienne injure : quand il
» s'est proposé un terme de vengeance, il l'accom-
» plit et il ne se tient pas encore content. Cet ha-
» bile archer, à l'âme ferme et constante, plein
» de respect pour les vieillards, c'est Ardjouna, le
» frère et le disciple de Youdhichthira, et il est
» mon époux ! Jamais esclave du désir, de la
» crainte, de la passion, il ne néglige son devoir
» ou se rend coupable d'offense. C'est le fils de
» Kounti, brillant comme Agni, intelligent, versé
» dans la science du devoir, la terreur des enne-
» mis, le rempart des siens ! Cet autre, célèbre par
» sa beauté, protégé par les Pandavas, ferme dans
» ses vœux, m'est plus cher que la vie, c'est le hé-
» ros Nakoula, et il est mon époux ! Armé d'un
» glaive, courageux, il combat avec Sahadèva. Tu
» verras aujourd'hui ses exploits, ô homme in-
» sensé ! Il ressemble à Indra au milieu des troupes
» des Daytias. C'est un héros sage, intelligent, exer-
» cé dans les armes, toujours prêt à plaire à Youd-
» hichthira. Cet autre, enfin, éclatant comme la
» lune et le soleil, cher aux Pandavas, supérieur
» en sagesse au reste des hommes, orateur même
» parmi les sages, plein de savoir ; ce héros, plein
» d'ardeur et de prudence, c'est Sahadèra ; il est
» mon époux ! Il renoncerait à la vie, il entrerai

» dans le feu plutôt que de manquer à son devoir; » toujours intelligent, voué aux devoirs du guerrier, plus cher à Kounti que la vie. Comme un » vaisseau chargé de pierres précieuses est, sur la » crête d'une vague, brisé par le redoutable Makara [1], ainsi ton armée entière sera détruite par les » Pandavas. Tels sont les fils de Pandou, que tu » méprises dans ta folie ; s'ils te relâchent, tu pourras dire, même vivant et blessé, que tu vois le » jour pour la seconde fois ! »

VI.

Vaiçampâyana dit :

A ce moment, les cinq princes, pareils à Indra, lancèrent, dans la direction de la troupe, sur leurs adversaires troublés et terrifiés, une volée de flèches qui obscurcit l'air.

Vaiçampayana dit :

« Tenez ferme : frappez vite. Courez ici, là. » Tel est l'ordre donné à ses chefs par le roi des Syndhiens. Alors un cri terrible retentit sur le champ de bataille, à la vue de Bhima, d'Ardjouna, des deux jumeaux et de Youdhichthira. Les Civis, les Sauviras et les Syndhiens sont dans la consterna-

[1] Makara, monstre marin confondu avec le crocodile ou le requin, mais probablement animal fabuleux.

tion en voyant les princes, semblables à des tigres furieux. Bhima, saisissant sa massue, ornée de riches peintures, garnie de pointes de fer, attaque le roi syndhien, qu'appelle l'ange de la mort. Cependant Kôdikâsya enveloppe Vrikodara dans un grand cercle de chars. Mais Bhima, accablé de dards, de flèches, de javelots, ne tremble pas. De sa massue, il abat au premier rang des Syndhiens un éléphant avec son conducteur et quatorze fantassins. Ardjouna, dans son désir d'atteindre le roi des ennemis, renverse sur la première ligne cinq cents montagnards, montés sur des chars. Le Râdja lui-même, immole en un instant cent des principaux guerriers des Sauviras. Bientôt paraît Nakoula, qui, s'élançant de son char et saisissant son glaive, sème partout les têtes des fantassins. Sahadeva dirige son char vers les guerriers que portent les éléphants, et les renverse de ses flèches, comme il abattrait les paons du haut des arbres.

Cependant le roi de Trigarta, descendant de son char, abat avec sa massue quatre des coursiers du Râdja. Le fils de Kounti, Dharmarâdja, le voit approcher, et, lui lançant une flèche armée d'un croissant, il lui transperce le sein. Le héros vomit des flots de sang et tombe comme un arbre coupé dans ses racines ! Indrasena descend aussi du char, et Youdhichthira, qui a perdu ses coursiers, monte sur le char de Sahadeva.

Kchêmankara et Mahamoukha visent Nakoula, et font pleuvoir de deux côtés sur lui une grêle de flèches de fer, tombant comme la pluie des nuées dans la saison des orages. D'une flèche, le fils de Madrî les tue l'un après l'autre. Çouratha, s'attaquant au timon de Nakoula, renverse son char, à l'aide d'un éléphant qu'il dirige habilement. Nakoula, sans s'effrayer, armé de son épée et de son bouclier, pare l'attaque par un demi-cercle, et se tient inébranlable comme une montagne. Çouratha, pour se défaire de son ennemi, lance le meilleur de ses éléphants, qui s'avance furieux, la trompe haute. Nakoula, tournant autour de l'animal, lui tranche de son glaive la trompe entière à sa naissance, avec ses défenses. L'éléphant pousse un grand cri, et tombant à terre la tête en avant, avec ses ornements magnifiques, entraîne dans sa chute les guerriers qu'il porte. Après ce grand exploit, le fils de Madrî s'élance, tout fier, sur le char de Bhima.

Bhima, au moment où Kôdikâsya s'approche de lui, tranche d'un coup d'épée la tête du conducteur de son char, sans que le roi s'en aperçoive. Les chevaux, privés de guide, courent çà et là sur le champ de bataille. Kôdikâsya fuit; Bhima, le meilleur des combattants, le poursuit et le frappe d'un trait barbelé. Ardjouna, de ses flèches acérées, atteint douze des Sauviras; il tranche les têtes et coupe les cordes des arcs. Il abat aussi les principaux des Civis, des Trigarttas et des Syndhiens, qui s'approchent à la portée de ses flèches. Un grand nombre tombe sous ses coups. Les éléphants, chargés d'étendards, les chars ornés d'enseignes couvraient la terre. Le champ de bataille était jonché de corps privés de tête, de têtes séparées du tronc. Chiens, vautours, hérons, corbeaux, milans, chacals, corneilles se rassasiaient de la chair et du sang des morts.

A la vue de tant de victimes, Djayadratha terrifié abandonne Krichnâ et songe à la fuite. Le misérable fait descendre Draupadi au milieu de cette mêlée, et, désireux de sauver ses jours, court vers la forêt. Youdhichthira voit Draupadi, que précède Dhaumya, et il la fait monter sur son char en compagnie du fils de Madri.

La foule des combattants se disperse après le départ de Djayadratha, et Vrikôdara, poussant des cris, les accable de ses flèches de fer. Mais Ardjouna voit Djayadratha s'éloigner, et il arrête Bhima, dans le massacre qu'il fait des Syndhiens.

Ardjouna dit :

« Ce misérable Djayadratha, dont la perfidie

» nous a fait tant de mal, je ne l'aperçois pas dans » la mêlée. C'est lui que tu dois chercher. Bonheur » à toi! Ces guerriers sont abattus; pourquoi t'a- » charner sur eux? C'est une chose inutile. »

Vaiçampâyana dit :

A ces paroles du sage Ardjouna, Bhimasena se tournant vers Youdhichthira, lui adresse ces mots : « Les ennemis sont vaincus partout; ils ont perdu » leurs meilleurs combattants. Prends Draupadi, ô » roi, avec le magnanime Dhaumya, et retourne à » l'ermitage; console ses esprits. La vie ne sera » point laissée à l'insensé roi des Syndhiens, se fût- » il réfugié dans les régions infernales. »

Youdhichthira dit :

« Il ne faut pas tuer le roi des Syndhiens, quel- » que pervers qu'il soit, au nom de Douhchalâ [1] et » de la glorieuse Gandari. »

Vaiçampâyana dit :

Draupadi entend ces paroles, et, tout agitée encore par la colère et la pudeur, elle dit à ses époux Bhima et Ardjouna : « Si vous voulez faire quelque » chose qui me soit agréable, tuez ce méchant, cet » insensé Syndhien, le plus vil des hommes, qui » a outragé notre famille, enlevé votre épouse, » attaqué votre royauté. Si même il vous suppliait

[1] Douhchalâ était l'épouse de Djayadratha. Elle était fille de Dhritarachtra, et conséquemment cousine-germaine des Pandavas.

» dans le combat, ne l'épargnez jamais. » A ces mots, les tigres des hommes s'élancèrent à la poursuite du Syndhien.

Le Râdja, accompagné de Krichnâ et de Dhaumya, retourna à l'ermitage, dont les cellules étaient désertes. Il y trouva Mârkandêya [2] et les autres Brahmanes, déplorant la perte de Draupadi. Le sage héros revint avec son épouse près de ses frères. Ceux-ci allèrent à sa rencontre, pleins de joie d'avoir vaincu les Syndhiens et les Sauviras, et reconquis Draupadi. Le Râdja, entouré d'eux, s'établit là, et la belle Krichnâ entra dans l'ermitage avec les deux jumeaux.

Cependant Bhima et Ardjouna voyant leur ennemi à une lieue de distance, poussèrent leurs chevaux pour le rejoindre. Là, le héros Ardjouna accomplit un exploit merveilleux en tuant de ses flèches, à cette distance, les coursiers du roi des Syndhiens. Muni d'armes divines, la difficulté ne l'arrête pas; de ses flèches magiques, il fit cette chose inouïe. Alors les deux héros s'élancèrent vers le Syndhien, troublé, seul, consterné. En effet, désolé de la perte de ses chevaux et voyant les hauts faits d'Ardjouna, Djayadratha, tâchant de s'échapper, se dirige vers la forêt. Ardjouna le voit

[1] Mârkandêya, sage auquel on attribue la composition d'un des Pouranas, nommé Mârkandêya Pourana.

prompt à fuir; il le poursuit en lui disant : « Brave » comme tu es, comment, ô fils de roi, as-tu en» levé l'épouse d'un autre? Retourne-toi ! Il ne te » convient point de fuir. Tu as perdu tes compa» gnons, et tu fuis au milieu des ennemis! » Le Syndhien ne se retourne point à ces paroles : « Ar» rête, arrête ! » Et le redoutable Bhima se précipite sur lui. « Ne le tue pas ! » lui crie le généreux Ardjouna.

DÉLIVRANCE DE DJAYADRATHA.

Vaiçampâyana dit :

A la vue des deux frères accourant, les armes hautes, Djayadratha s'enfuit précipitamment, plein de trouble et d'effroi ; il veut sauver ses jours. Le redoutable Bhimasena, s'élançant de son char, l'arrête dans sa fuite par son épaisse chevelure ; emporté par la fureur, il le soulève, le précipite à terre et le frappe cruellement ; il saisit le roi par la tête et redouble ses coups. Djayadratha revenant à lui, s'efforce de se relever. Bhima aux longs bras, le frappe au visage, malgré ses lamentations ; de son genou, il presse son ventre ; il le meurtrit du coude.

Un dernier coup le laisse sans connaissance. Phalgouna arrête le transport furieux de Bhimasena et lui rappelle la recommandation faite par le roi Youdhichthira au nom de Douhçala.

Bhima dit :

« Non, il ne mérite point de vivre, ce méchant, » enivré par la passion ; ce misérable ravisseur de » Draupadi, si peu digne d'un tel outrage. Ne m'est- » il point permis de faire ce que fait le Râdja[1], quoi- » que toujours porté à la clémence ? Et toi, dans » la simplicité de ton esprit, tu retiens toujours » mon bras. »

Il dit, et avec le fer d'une flèche terminée en croissant, il ne laisse que les cinq touffes, signe de l'esclavage, sur la tête de son ennemi, qui garde le silence. Puis après lui avoir adressé un éloge ironique, il ajoute : « Tu désires vivre, ô insensé ! » entends donc mes conditions. Voilà ce que » tu devras dire dans les réunions des sages et » dans les assemblées des rois : « Je suis esclave. » » A ce prix, je te donne la vie. Telle est la loi du » vainqueur dans le combat. »

« Qu'il en soit ainsi » répond Djayadratha, vaincu, à Bhima, tigre des hommes, éclatant dans la mêlée.

Alors le prince Vrikodara le charge de liens mal-

[1] Donner la mort à un ennemi.

gré sa résistance, et le place dans son char, anéanti et tout souillé de boue. Ensuite, s'élançant sur son char, il se dirige vers l'ermitage, accompagné d'Ardjouna. Là, il aborde Youdhichthira, le chef des fils de Pandou, et lui montre Djayadratha. A cette vue, le roi dit : « Qu'on le délivre. »

Mais Bhima répond : « Que Draupadi répète » cette parole. Ce misérable est l'esclave des fils de » Pandou. » Alors son frère s'adressant à lui, prononce ces mots pleins de bienveillance : « Tu relâ» cheras cet homme vil, si tu reconnais notre au» torité. » Draupadi, jetant un regard à Youdhichthira, dit à Bhima : « Délivre cet homme, que de » roi tu as fait esclave. »

Dégagé de ses liens, Djayadratha encore tout ému salua en s'inclinant le roi Youdhichthira et les Mounis; mais le roi clément, fils de Dharma, adresse ces paroles au prisonnier d'Ardjouna : « Va, tu es libre; » mais ne recommence pas. Garde-toi d'un tel entraî» nement. Tu n'es qu'un être vil, entouré d'êtres vils. » Car quel autre qu'un homme vil, oserait com» mettre un tel attentat? » Mais, voyant le coupable comme anéanti, il le considère quelques instants, et lui accorde son pardon en ces termes : « Que ton » esprit croisse dans le devoir, et que ta pensée ne » s'exerce pas dans le vice. Va-t-en, avec tes chevaux, » tes chars, tes soldats et sois heureux, Djayadratha. »

A ces mots, accablé de honte et de douleur, le roi s'éloigne, silencieux, les yeux baissés; il se dirige vers la porte du Gange [1]. Là, pour obtenir le secours divin de Siva, l'époux d'Oumâ [2], il s'impose de grandes mortifications. Siva satisfait accepta son offrande et exauça sa prière. Djayadratha au comble de ses vœux dit au dieu : « Ecoute. »

Djayadratha dit :

« Je demande à vaincre les cinq fils de Pandou, » combattant sur leurs chars. » Il parla ainsi. Le dieu lui répond en d'autres termes : « Les fils de » Pandou sont invulnérables et invincibles. Eh » bien! tu les vaincras dans le combat, excepté » Ardjouna aux grands bras, surnommé Nara [3]. Le » roi des dieux, en compagnie de Narayana, se livre » aux austérités sur Badari [4], héros invincible en» tre tous les hommes, sans égal même pour les » immortels. De moi, il a reçu la divine Paçou-

[1] Le hardwar, lieu de pèlerinage. Voir la note 1re de la page 25.

[2] Oumâ, la fille d'Himalaya, le roi des montagnes.

[3] Nara est le nom d'un saint Mouni, appelé par hyperbole, le souverain des dieux : on suppose qu'il était, dans une vie antérieure, le même qu'Ardjouna ; de là son nom appliqué au héros.

[4] Badari est proprement le jujubier. Ici le mot s'applique à la partie de l'Himalaya qui produisait peut-être cet arbre, et qui est représentée comme le lieu des austérités des deux Mounis, Nara et Narayana. On l'appelle plus communément Badrî-Nâth, et il renferme une ville et un temple sur la rive occidentale du bras du Gange, nommé Alakanandâ : c'est encore un lieu de pèlerinage consacré à Siva.

» pata [1], arme sans égale, et des Lokapâlas [2] le
» tonnerre et les flèches puissantes; c'est Vichnou [3],
» le dieu des dieux, l'âme infinie, le précepteur des
» immortels, l'excellent, l'homme type, l'invisible,
» principe de l'univers, présent partout. »

La fin d'un âge (Youga [4]) arrive : le feu destructeur embrase le monde avec les montagnes, la mer, les îles, les bois, les forêts; il consume les Nâgas, serpents qui habitent les régions inférieures. Mais dans le ciel des nuées aux mille couleurs, faisant entendre un bruit terrible, frangées de lumière, emplissent tout l'horizon; elles versent des torrents de pluie de toutes parts, et, distillant des gouttes larges comme des dés, elles éteignent le feu, destructeur de l'univers. Le monde n'est plus qu'une mer. La lune, le soleil, le vent, les astres, les étoiles, tout est détruit. A la fin de quatre mille Yougas [5], la terre est submergée.

[1] La flèche Paçou-pata est ainsi nommée d'un surnom de Siva: « Paçou-pati », le maître des êtres.

[2] Les Loka-pâlas sont, ou quatre personnages sacrés, fils de divers patriarches, ou bien Indra et sept autres divinités inférieures, chargées de la garde des mondes ou sphères de l'univers.

[3] Ici se trouve dans le texte une transition brusque d'Ardjouna à Vichnou, avec une énumération des attributs de ce dieu.

[4] Le Youga est une division du tems particulière à la chronologie mythologique des Hindous. Toutefois, il est pris dans un sens général, pour signifier une période définie, dont la durée est spécifiée ci-après.

[5] Les quatre Yougas, sont : Krita, Treta, Dwâpara et Kali. Réunis, ils forment une période de 12,000 ans des dieux, ou

Alors, le dieu nommé Nârâyana doué de mille yeux, de mille pieds, de mille têtes, principe qui échappe aux sens, désire goûter le sommeil. Il a pour couche Sécha, le terrible roi des serpents, aux mille têtes, éclatant comme mille soleils, brillant comme le jasmin, la lune, la perle, le lait, la fibre du lotus, le nénuphar. Ainsi le dieu suprême dort, flottant sur la mer, et la nuit de Vichnou est l'époque des ténèbres.

Réveillé par un énergique effort, il aperçoit le monde vide. Et voilà le sloca que l'on prononce à propos de Nârâyana [1] : Les eaux sont appelées na-

4,320,000 années des mortels, constituant un Mahâyouga, ou grand âge. Mille de ces grands âges font une journée de Brahma : à la fin de ce temps, le dieu s'endort, et une nuit d'une égale durée commence. Pendant cette nuit, le monde, c'est-à-dire, la terre, ou sphère des mortels et les orbites des planètes, est détruit par le feu ; à l'incendie succède un déluge qui dure jusqu'au retour du matin, et Brahma se réveille. Alors il recrée toutes choses, et les rétablit dans leur état primitif, pour qu'elles vivent une de ses journées. La destruction toutefois n'est que partielle, des esprits célestes, des sages et des dieux en ont été exceptés ; mais à la fin de cent années, Brahma lui-même expire et la destruction est universelle, et tous les principes existants retournent, selon les uns, à la matière, élément primitif, ou s'absorbent, selon d'autres, dans l'âme universelle. Dans l'un ou l'autre cas, la dissolution n'est que temporaire, car la matière primitive ou l'âme primitive sont indestructibles, et, mises en mouvement, renouvellent la création. (*Vichnou Pourana.*)

[1] Ce vers se trouve avec quelques différences dans Manou (ch. I, v. 10), et il y est en partie expliqué : Manou appelle les eaux, enfants de Nara (Narasunevah). Nara « homme » est pris dans ce passage pour l'élément mâle primordial, ou l'esprit suprême. Le

ras et tanavas. Tel est le nom que leur donnent les écritures. Il a aussi un véhicule ; c'est pourquoi il est nommé Nârayâna (qui se meut sur les eaux). Livré à la méditation, le dieu songea à créer Brahma [1], et voilà que du nombril divin sort un lotus d'où bientôt naît Brahma, le dieu aux quatre têtes [2]. Alors apparut, assis sur le lotus, le souverain créateur du monde. A la vue de l'univers vide, il crée par la pensée neuf grand Richis, égaux entre eux ; le premier est Marîchi [3]. Ceux-ci produisirent tous les êtres mobiles et immobiles, les Yakchas [4], les

texte porte : « Nous avons entendu (c'est-à-dire les Védas disent) que les eaux sont appelées Nàràs, ce qui veut dire « dérivent de Nara », explication conforme au sens de Manou ; mais elles sont encore nommées (dans les Védas) corps ou formes (Tanavah). » La pensée paraît être que les eaux furent la première substance visible par laquelle l'être suprême manifesta son pouvoir créateur. Ces mots : Apo nâràs tanayah, doivent être considérés comme une citation des Védas.

[1] Le sommeil de Vichnou, le lotus issu de son nombril, Brahma né du lotus, ne s'accordent pas avec la description plus simple des périodes alternatives de dissolution et de rénovation, produites par la nuit et le jour de Brahma. Ces allégories paraissent être les embellissements mythologiques d'un système plus ancien et moins compliqué.

[2] Brahma est représenté avec quatre têtes.

[3] Les grands Richis, fils de la pensée de Brahma, varient en nombre : ils sont sept, huit, neuf et même dix-sept. Ce sont les auteurs immédiats de toutes les espèces de créatures animées, de là leur nom de Prajâpatis, maîtres de la création. Pour des détails plus complets sur eux et sur leur postérité, voyez le Vichnou Pourana (B. I, ch. 7, 10).

[4] Les Yakchas sont les serviteurs de Kouvera, dieu de la ri-

Rakchasas, les Pichachas, Ouraga et les mortels. Sous la forme de Brahma, Vichnou crée ; sous la forme humaine, il conserve; sous la forme de Roudra (Siva), il détruit. Tels sont les trois états du maître de la création.

N'as-tu pas entendu, roi des Syndhiens, le récit des exploits de Vichnou. Les sages Mounis et les Brahmanes, versés dans la connaissance des Védas, les redisent. L'eau, répandue partout, couvrait la terre entière. Vichnou, se mouvant sur ce vaste Océan, sur l'Ether sans fin, semblable à la mouche de feu au milieu des ténèbres, cherchait partout un endroit solide pour se poser. A la vue du monde submergé, il songe à le relever. « Pourquoi, » prenant une nouvelle forme, ne souleverais-je » pas la terre du milieu des eaux? » se dit-il, après avoir promené autour de lui son regard divin.

Par le souvenir, il évoque la forme du sanglier, se jouant dans l'onde. Il revêt cette forme [1], douée

chesse ; les Rakchasas et les Pichachas sont des mauvais génies ; Ouraga est un demi-dieu qui a une tête humaine et une queue de serpent, il habite Patala, la région souterraine.

[1] La descente de Vichnou sous la forme de sanglier est le troisième de ses Avatars. Les deux précédents sont la tortue, sous la forme de laquelle il soutint le mont Mandava, quand les dieux et les démons s'en servirent pour battre l'Océan, afin d'obtenir Amrita ou l'Ambroisie, breuvage d'immortalité; et le poisson, qui sauva un pieux monarque et les Richis de la mort dans un déluge. Les descriptions du sanglier confondent deux choses très-distinctes, un animal réel et un être allégorique : la masse, les défenses, la

d'éloquence, versée dans les Védas, large de dix yoganas et longue de cent, vaste comme une montagne, armée de défenses aiguës, brillante, grondant comme les nuages amoncelés, semblable à une nuée sombre. Devenu ainsi sanglier du sacrifice, Vichnou plonge au sein des eaux, et d'une seule de ses défenses soulevant la terre, il l'entr'ouvre.

Plus tard encore, prenant une forme sans pareille, Vichnou devient moitié homme, moitié lion; il se rend à la cour du roi des Daytias [1], et de sa main presse sa main. Le puissant fils de Diti, l'ennemi des dieux, voit ce corps sans égal. La colère rougit ses yeux. Armé d'un dard, orné d'une guirlande, Hiranyakacipou, semblable aux sombres nuages, retentissant comme la foudre dans le ciel, s'élance sur l'homme-lion; mais le roi des animaux, le redoutable homme-lion, le reçoit sur ses défenses aiguës, et déchire son corps. C'est ainsi que le dieu puissant tua le roi des Daityas, destructeur des ennemis.

Plus tard, le dieu aux yeux pareils au lotus,

couleur, le grondement appartiennent au premier ; l'éloquence, la connaissance des écritures, appartiennent au second, ainsi que l'épithète Yadjna-Varâha, « le sanglier du sacrifice », c'est-à-dire une victime; voici le sens de l'allégorie : le monde subissait le châtiment de ses crimes, mais il les expia au moyen de sacrifices et de prières.

[1] Daytias, démons descendants de Diti, mère des géants.

l'excellent, devint pour le bonheur des mondes, le fils de Kasyapa [1] et fut conçu dans le sein d'Aditi, qui porta ce fruit divin pendant des milliers d'années. Il naquit sous la forme d'un nain, aux yeux étincelants, semblable à une nuée orageuse. Il porte à la main un bâton et un vase d'argile, son sein est marqué du signe divin Srivatsa, ses cheveux sont tressés, il est ceint du cordon sacré. Ainsi, semblable à un enfant, il se dirige vers le lieu du sacrifice de Bali, le puissant roi des Danavas. Il entre, accompagné de Vrihaspati [2]. A sa vue, Bali charmé lui dit : « Je suis heureux de te voir, ô Brahmane ! Dis-le moi, que te donnerai-je ? » A ces mots, le nain répond : « Merci. » Puis il ajoute en souriant : « O roi des Danavas, donne-moi l'espace de » terre que je mesurerai en trois pas. » Bali s'empresse de satisfaire le glorieux Brahmane. Mais Vichnou, grandissant soudainement d'une façon merveilleuse, prit, sans hésiter, la terre entière en trois pas, et la donna à Indra. Telle est la forme sous laquelle le dieu s'est manifesté et a conquis le monde.

Vichnou est encore descendu parmi les hommes,

[1] Kasyapa, un des Prajâpatis, épousa treize des filles des autres patriarches et engendra la plupart des créatures animées, quadrupèdes, oiseaux, reptiles, aussi bien que dieux, demi-dieux, titans et hommes. Voyez le Vichnou Pourana, p. 119.

[2] Vrihaspati, le précepteur des dieux.

pour protéger les bons et anéantir les méchants; il est né dans le palais de Yadou [1] et est célébré sous le nom Krichna [2]. Les hommes l'adorent sous les noms de d'Amâdya et d'Adja [3]; les Brahmanes le chantent. Tels sont ses exploits, ô roi des Syndhiens. C'est Krichna l'invincible; il porte une conque, un disque, une massue. Son sein est marqué du signe Srivatsa; il est revêtu de soie jaune, et conserve la tradition des armes. Voilà le protecteur d'Ardjouna [4]. Le dieu fort, sans égal, s'est fait le compagnon de Partha, il se tient à côté de lui sur son char. Aussi lè héros ne peut-il être vaincu! Un dieu lui-même ne pourrait triompher de lui. Quel mortel se flatterait donc de le vaincre? Lui seul excepté, tu déferas en un seul jour tes ennemis, le fort Youdhichthira et les autres fils de Pandou.

Vaiçampâyana dit :

Ainsi parla Siva, l'époux d'Oumâ, Hara, qui enlève tout péché, Paçoupati [5], Yadjnahâ [6], le vain-

[1] Yadou, aïeul de Krichna, et le fils aîné de Yayati, cinquième roi de la dynastie lunaire.

[2] Krichna, fils de Vasoudeva et de Devaki, est regardé comme la huitième incarnation de Vichnou.

[3] Qui n'a pas eu de commencement, de naisssance.

[4] Ici le poëte explique pourquoi il s'est étendu si longtemps sur le pouvoir et la gloire de Krichna. Protégé par un dieu si puissant, Ardjouna ne peut rien craindre d'un mortel.

[5] Paçoupati, c'est-à-dire le maître des êtres.

[6] Yadjnahâ, surnom de Siva. Le dieu est ainsi appelé, pour avoir troublé le sacrifice de Dakcha, son beau-père, qui avait né-

queur de Tripoura[1] entouré de nains[2] affreux, horribles à voir, horribles à entendre, armés de mille manières; Tryambaka[3], le tigre des rois, meurtrier de Bhaganetra[4], et il disparut soudainement, avec Oumâ.

Djayadratha, sous l'impression de cette vision, retourna dans sa demeure, et les fils de Pandou continuèrent de séjourner dans la forêt Kâmiaka.

gligé de l'inviter à la cérémonie. Siva envoya Virabhadra et une troupe de gens qui renversèrent les autels, les souillèrent, frappèrent les sages et les dieux qui avaient été invités. Ce sujet se trouve souvent reproduit dans les sculptures des temples creusés dans le roc du sud de l'Inde.

[1] Tripoura est un Asoura ou démon.

[2] Ces figures bizarres, cortége ordinaire de Siva, sont souvent représentées en sculpture, et semblent avoir servi de prototypes à quelques-uns de ces monstres humains que les anciens auteurs classiques prétendent avoir abondé dans l'Inde.

[3] Tryambaka, mot d'une étymologie incertaine. Il vient de *tri* trois, et *abi* parler. Ce qui semble signifier : « qui explique les trois Védas. » Ou plutôt *tri* trois, *ambaka* œil, « aux trois yeux. »

[4] Bhaganetra était un Daitya qui fut tué par Siva.

FIN.

TABLE.

www.ingramcontent.com/pod-product-compliance
Lightning Source LLC
LaVergne TN
LVHW012016220826
846092LV00001B/377

* 9 7 8 2 3 2 9 7 5 8 6 7 1 *